Beate Rost

Jankers Versprechen

Mit Zeichnungen von Clare McCormack

make a book

Der Verkaufserlös des Buches kommt zu 100% ausgewählten Tierschutzprojekten zugute.
Weitere Informationen unter:
http://www.beate-rost.de

ISBN 978-3-40218-44-5

M. Böhme • Osterdeich 52 • 25927 Neukirchen
Tel.: 04664 - 9839902 • Fax: 04664 - 635
eMail: mb@make-a-book.de
http://make-a-book.de

Gesamtherstellung:	make a book, Neukirchen
Umschlagentwurf:	Ingo Rost, Berlin
Zeichnung:	Clare McCormack, Berlin
Illustration:	Clare McCormack, Berlin
Lektorat/Korrektur:	Christiane Gezeck, Nusse
	Ingrid Runde, Hamburg
Satz:	make a book, Neukirchen

Bibliografische Information Der deutschen Nationalbibliothek
Die deutsche Nationalbibliothek verzeichnet diese Publikation in der Deutschen Nationalbibliografie; detaillierte bibliografische Daten sind im Internet über http://dnb.ddb.de abrufbar.
Bibliographic information published by die deutsche Nationalbibliothek lists this publication in the deutsche Nationalbibliografie; detailed bibliographic data are available in the Internet at http://dnb.ddb.de.

Einem jungen Fuchs gewidmet,
den ich Janker nannte.

»Man schweigt und kommt sich christlich vor, indem man eine Art von Erbarmen genießt, die nichts verändert. Der bloße Verzicht, sich in ein Wagnis eines Urteils einzulassen, ist ja noch keine Gerechtigkeit, geschweige denn Güte oder sogar Liebe. Es ist einfach unverbindlich, weiter nichts. Nun aber, ist gerade die Unverbindlichkeit, das Schweigen zu einer Untat, von der man weiß, wahrscheinlich die allergemeinste Art unserer Mitschuld.«

(Max Frisch)

I

Janker war ein Philosoph. Und obgleich er wusste, dass das nicht unbedingt ein Kompliment für einen Fuchs war, so war er doch stolz darauf, anders zu sein.

Er liebte die Ruhe, die Beschaulichkeit, das Schöne. Und er mochte nichts lieber, als träumend in der Sonne zu liegen, um dem Gesang der Vögel zu lauschen.

»Du bist ein Fuchs!«, hatte seine Mutter immer wieder versucht, ihm einzuschärfen. »Und wir Füchse sind nun einmal keine Träumer. Wir müssen immer auf der Hut sein!«

Janker aber konnte die Bedenken seiner Mutter, die seit vielen Generationen überliefert wurden, und noch immer einem Urinstinkt der Füchse entsprangen, nicht verstehen. Die Tiere des Waldes mochten ihn und waren ihm jederzeit freundlich gesonnen. Sie alle lebten seit vielen Monden in Frieden miteinander. Warum sollte er also auf der Hut sein? Vor wem hätte er sich fürchten sollen?

Janker liebte seinen Wald. Hier kannte er jeden Winkel, jeden Grashalm und jeden Schmetterling. Hier war er zuhause. Auf einer der schönsten Anhöhen des gesamten Fuchshügels. Da, wo sich das ganze Jahr über Buschwindröschen fröhlich entlang der Lichtungen erstrecken, und Veilchen und Lerchensporn riesige rosa Teppiche bilden. Hier würde er für immer bleiben, nichts brächte ihn jemals von hier fort.

Aber Janker sollte nicht in den alten eingetretenen Fuchspfaden seinen Weg gehen. Er sollte mitten durchs hohe Gras, mitten durchs Gestrüpp laufen und auf neuen Pfaden seine Spuren hinterlassen.

＊＊

Eines Nachts, während Janker durch den Wald zog, um dem Herbstwind zu lauschen, der bereits tief und unruhig in den Wipfeln der hohen Fichten blies, begegnete er, wie so oft auf seinen nächtlichen Streifzügen, dem ältesten Fuchs des Waldes.

»Noch so spät unterwegs weiser Fuchs?«, fragte Janker den Alten, während er in respektvoller Haltung verharrte.

Der Alte lächelte betrübt. »Ach Janker, ich könnte dir nun sagen, ich sei unterwegs, um mir vor dem Schlafengehen die Beine noch ein wenig zu vertreten. Das aber wäre nicht die Wahrheit.«

Janker sah den Alten fragend an.

»Mein Junge«, sprach der alte Fuchs weiter, »ich streife nachts umher, weil ich keinen Schlaf finden kann. Ich bin in Sorge. In großer Sorge!«

»In Sorge?«, wiederholte Janker überrascht.

»Warum? Was quält dich? Bist du nicht glücklich? Hier in unserem Wald haben wir doch alles, was wir brauchen, um glücklich sein zu können!«

»Ja!«, bestätigte der Alte, »hier in unserem Wald, fernab der Menschenwelt geht es uns gut! Aber hinter der Fuchsgrenze, draußen in der Welt, führen unsere Brüder ein unheilvolles Dasein. Sie wagen dort meist nur noch, ihren Bau im Schutz der Dunkelheit zu verlassen, und die Angst um ihr Leben ist ihr ständiger Begleiter.«

Janker sah den Alten erstaunt an. »Im Schutz der Dunkelheit?«, wiederholte er entsetzt. »Aber wir Füchse lieben doch die Sonne und die grünen Wiesen. Können unsere Brüder hinter der Fuchsgrenze nicht in der Sonne liegen und träumen?«

»Ach Janker, wo denkst du hin!«, antwortete der Alte. »In der Sonne liegen und träumen, das gibt es nur hier bei uns auf den Anhöhen! Draußen in der Welt werden wir von den Menschen auf gnadenlose Weise verfolgt.«

Janker scharrte mit seiner kleinen Pfote verwirrt ein winziges Loch in den Waldboden. »Dann gibt es das Gesetz der Feindschaft also wirklich!«, stellte er betrübt für sich fest. »Und ich dachte, es sei ein altes Märchen, das unsere Mütter uns seit vielen Monden überliefern.«

Grübelnd trat Janker von einer Pfote auf die andere, und sein buschiger Schwanz fegte unruhig über das weiche Moos des Waldbodens.

»Dann mögen die Menschen uns also wirklich nicht?«, vergewisserte er sich noch einmal, um nichts Falsches weiterzutragen.

Der Alte seufzte. »Janker, wenn die Menschen uns lieben würden, dann wäre ich...«, er brach seinen Satz abrupt ab. »Ach was!«, sagte er stattdessen. »Ich bin dumm, ich belaste dein junges Leben mit meinen Sorgen. Genieß die schönen Dinge, die auf dich warten!« Liebevoll zwinkerte er Janker mit einem Auge zu. »Bald wirst du deine Familie verlassen und dir eine hübsche junge Füchsin suchen, und mit ihr wirst du Kinder haben! Du glaubst nicht, wie wunderschön es ist, seine Kinder aufwachsen zu sehen.« Auf dem Gesicht des Alten lag plötzlich ein besonderer Glanz. »Auch ich hatte einmal eine große Liebe«, flüsterte er Janker zu, so als sollte es niemand anderes mitbekommen. »Sie war wunderschön. Ihr Fell leuchtete in der Sonne wie ein goldgelbes Feuer, und sie schenkte mir in unserem ersten gemeinsamen Jahr zwei wundervolle Kinder!«

Traurig hielt der Alte unvermittelt inne, und während der Glanz in seinen Augen wieder erlosch, fügte er kaum hörbar hinzu: »Nun ja, sie nehmen uns alles, und wir können nichts dagegen tun.«

Damit verabschiedete sich der alte Fuchs und zog weiter seines nächtlichen Weges. Janker sah ihm noch eine Weile nach. In seiner Gedankenwelt war durch die Worte des alten Fuchses viel durcheinander geraten. Er konnte nicht verstehen, warum die Menschen die Füchse in ihrer Welt nicht mochten. Er fand keinen einzigen Grund dafür.

Janker grübelte und sinnierte, bis ihn schließlich eine bleierne Müdigkeit überfiel. Er legte sich unter einen dichten Laubbusch, der seine bunten Blätter noch nicht abgeworfen hatte und sog den Duft des würzigen Waldbodens tief in sich ein. In den Bäumen weit über ihm stöhnte der kräftige Wind und trug die Worte des alten Fuchses wieder und wieder durch den Wald.

Zusammengerollt zu einer Fellkugel drückte Janker seine Nase tief in seinen buschigen Schwanz. »Ich werde das Gesetz der Feindschaft überprüfen. Ich werde in die Welt der Menschen aufbrechen und die Wahrheit herausfinden!« Mit diesen Gedanken fiel er in einen tiefen Schlaf.

II

Wie eine Flamme am Himmel erwachte die Sonne am Horizont und breitete ihr warmes Licht rasch über dem bunten Herbstwald aus. Janker lief zielstrebig seines Weges. Mit eisernem Willen und beinahe übernatürlicher Kraft durchquerte er die Weiten seiner malerischen, märchenhaften Heimat, um die Fuchsgrenze hinter den Anhöhen zu erreichen.

»Warum kannst du nicht sein wie deine Schwester und dein Bruder?«, hatte seine Mutter ihn beim Abschied voller Kummer gefragt. »Warum kannst du nicht sein wie deine Eltern und Großeltern? Wir sind Füchse, und du bist ein Kind unseres Waldes. Genau wie wir und genau wie all deine Vorfahren. Janker, hier in unserem Wald sind wir sicher. Diesen Wald hat uns die ›Große Mutter aller Füchse‹ vor den Zeiten unserer Ahnen überlassen. Hier leben wir seit vielen Monden im Einklang mit der Natur. Warum willst du in die Welt hinausgehen? Warum willst du dir selbst deinen Frieden nehmen? Glaube mir Janker, wenn du unseren Wald verlässt, verlässt du den einzigen Frieden, den es für dich geben kann.«

Janker konnte der Macht seines Geistes nicht entkommen. Und so trug ihm der Wind auch die tiefe Stimme seines Vaters noch einmal nach: »Auf Wiedersehen, mein Sohn!«, hatte der mächtige Fuchsrüde traurig gesagt, während er mit ernstem Gesicht hinter dem großen Fichtenteller stand, der den Eingang ihres gemeinsamen Baues verdeckte. »Du glaubst, die Menschen hätten sich geändert, und das Gesetz der Feindschaft gäbe es nicht mehr? Janker, die Menschen haben sich nicht geändert, sie sind immer noch die gleichen gewissenlosen Wesen. Sie jagen und ermorden unseresgleichen aus purer Lust, aus Lust am Töten. Und sie rechtfertigen ihre Taten, indem sie Lügen über uns verbreiten.«

Tief in seinen Gedanken gefangen, kämpfte Janker sich trotz aller Warnungen seiner Eltern weiter und weiter durch das mit dichtem Buschwerk durchzogene Tal. Er war fest entschlossen, die Menschen kennen zu lernen. Ein guter Philosoph musste die Grenzen seines Geistes erweitern, um alte Überlieferungen nicht unbedacht und leichtfertig an kommende Generationen weiterzugeben.

Und so verlor er jedes Gefühl für die Zeit, bestärkt von einer inneren Gespanntheit, gefesselt von einem unheilvollen Vorhaben.

III

Die rotgoldene Sonne veränderte ihr Licht mehr und mehr in ein farbloses Strahlenwerk, das kalt und nichtssagend am Himmel stand. Farne und Bodenefeu fügten sich zu einer bedrückenden Lautlosigkeit zusammen.

Janker lief entlang eines Flusses, an dessen Ufer blattlose Bäume aus dem Wasser ragten. Im ganzen Wald herrschte eine reglose Atmosphäre, so als hielten Bäume und Sträucher den Atem an. Sie standen wie aus Stein gemeißelt, und das trübe Wasser des Flusses war staubig und ohne jedes Zeichen einer Strömung.

Janker blieb stehen und hielt seine Nase in den Wind. Er witterte angestrengt, aber die einzigen erkennbaren Gerüche stammten von muffiger, zerwühlter Erde und fauligem Wasser.

Müde setzte er sich ins nasse Gras und schloss für einen Moment die Augen. »Vielleicht hätte ich doch nicht allein gehen sollen!«, sinnierte er unsicher und schluckte schwer. Er fühlte sich mit einem Mal fremd und verlassen, und eine unbekannte Angst übermannte ihn. Doch plötzlich, noch bevor er sich seinem Unbehagen hätte gänzlich hingeben können, riss ihn eine atemlose Stimme abrupt aus seinen Gedanken. Es war die Stimme eines ihm unbekannten Fuchses. »Sie kommen aus allen Richtungen«, rief er ihm abgekämpft zu. »Lauf um dein Leben, lauf!« Und während er wie ein Blitz aus Feuer und Glut gemeinsam mit seiner Gefährtin an Janker vorbeischoss, erfüllte bereits das Gebell einer aufgebrachten Meute geifernder Hunde die Luft. Angetrieben vom Gebrüll menschlicher Stimmen, stürzten sie mit weit heraushängenden Zungen durch das nasse, mit grauen Nebelschwaden durchsetzte Tal.

Irritiert drehte Janker sich in alle Richtungen. Er verstand nicht, was um ihn herum geschah. Aber instinktiv wusste er, was zu tun war: Er rannte los, rannte um sein Leben, geradewegs den beiden Füchsen hinterher, die mit weit ausgreifenden Sprüngen ziellos durch das Dickicht hetzten. »Sie schießen auf alles, was ihnen vor die Flinte kommt«, warnte ihn die atemlose Stimme der Füchsin. »Lauf so schnell du kannst, junger Fuchs!«

Jankers Gedanken überschlugen sich, und sein Herz raste. Ohne zu verstehen, was da gerade vor sich ging, rannte er so schnell er nur konnte. Aber schon bald spürte er, dass einer der Jagdhunde dicht hinter ihm war. Fast konnte er seinen heißen Atem spüren, und der von Hass erfüllte Mensch, der ihm auf den Fersen war, feuerte ihn weiter an: »Greif ihn dir!«, schrie er fortwährend hinter dem Hund her. »Greif ihn dir, diese erbärmliche Kreatur, dieses räudige Vieh!«

Todesangst überkam Janker, und wie vom Himmel geschickt, hörte er die Stimme seiner Mutter:

»Janker, du bist ein Fuchs unseres Waldes, du bist ihnen weit überlegen. Gib nicht auf! Verlass dich auf deine Intuition und deine Weisheit. Auch wenn sie schneller und ausdauernder sind als wir, sie sind bei weitem nicht so schlau.«

Janker hetzte weiter und weiter durch das bauchhohe Gestrüpp. Er wusste längst, dass er sich in einer verzweifelten Lage befand. Er musste dem Hund entkommen. Aber ein kurzer Blick über seine Schulter zeigte ihm unmissverständlich, dass sein Verfolger aufholte, und sich der Abstand zwischen ihnen mehr und mehr verringerte. Er war nur noch einen Sprung weit von ihm entfernt. Janker spürte, wie der Hund versuchte, nach seinen Hinterbeinen zu schnappen. Er sprang zur Seite, drehte nach rechts ab und schlüpfte durch ein winziges Loch einer mit tausend Dornen durchsetzten Hecke. Für seinen Verfolger gab es hier kein Durchkommen. Wütend, geifernd und bellend lief der Anführer der Meute vor der Hecke hin und her. Jetzt hatte Janker wieder Vorsprung gewonnen. Doch er spürte, wie seine Beine unter ihm nachgaben. Er atmete schwer und stoßweise, und sein Herz überschlug sich in seiner Brust.

Durch die Hecke klangen indes die feindseligen

Rufe der Jäger: »Wir kriegen dich, du Mistvieh! Darauf kannst du dich verlassen, du lästiger Rotfuchs, du nichtsnutziger Balg!«

Das Licht der farblosen Sonne verging und die tiefhängenden dunklen Wolken tauchten den Wald in ein tristes Grau. Janker wusste, dass er keine Zeit zu verlieren hatte. Er musste umgehend zurück auf die Anhöhen. Aber er war von den Hunden kreuz und quer durch einen ihm fremden Wald gejagt worden. Wie sollte er den Weg zurück nach Hause wiederfinden?

Während er noch zitternd und bebend hinter der dornigen Hecke saß, hörte er plötzlich erneut die keuchende Stimme des Fuchsrüden, den er auf seiner Flucht aus den Augen verloren hatte.

»Sie kommen mit Eisensicheln zurück, sie werden die Hecken ausstechen!«

Nur wenige Augenblicke später lag der beißende Geruch der Hunde auch schon wieder in der Luft, und das Trommeln ihrer Pfoten dröhnte dumpf durch den Wald. Janker schlug das Herz abermals bis zum Hals. In welche Richtung sollte er sich wenden? Wo konnte er sich vor ihnen in Sicherheit bringen? In jedem Fall musste er die Hecke verlassen, bevor sie mit ihren Sicheln sein Versteck zerstören würden. Er schlüpfte zurück durch das winzige Loch, durch das er gekommen war und sah, wie die beiden Füchse, die ihm durch ihre Warnung das Leben gerettet hatten, traurig und auf zitternden

Beinen im Schutz eines abgestorbenen Baumstumpfes standen.

»Wir werden uns hier trennen!«, hörte Janker die Stimme des Fuchsrüden. »Ich werde sie ablenken, damit du zum Bau laufen kannst!« Kraftlos stimmte die Füchsin seinem Vorschlag zu und verschwand umgehend im tiefen Buschwerk des dämmerigen Waldes.

»Wir werden uns wiedersehen!«, klangen ihre Worte durch den Wind, aber sie waren so schwach, dass man sie kaum noch vernehmen konnte.

Nur einen Augenblick später schwoll das bedrohliche Gebell der Hunde gewaltig an. Janker und der Fuchsrüde sahen, wie die ersten Hunde bereits keine hundert Meter von ihnen entfernt wieder durch das Unterholz brachen. Erschöpft schleppten sich die Füchse weiter durch das kräftige Buschwerk. Das ständige Springen über Gestrüpp und Büsche ließ ihre Beine schmerzen und sie wussten, dass sie einer längeren Verfolgungsjagd nicht mehr gewachsen waren. Verzweifelt bissen sie die Zähne zusammen und versuchten, ihre letzten Reserven zu mobilisieren. Schwer atmend ignorierten sie Schmerz und Erschöpfung und klammerten sich fest an ihr Dasein. Aber ihre Kräfte versiegten mehr und mehr. Und der Kampf schien endgültig verloren.

Dann plötzlich trug der Wind die vom Blutrausch triefenden Stimmen ihrer Peiniger durch den Wald: »Da sind sie - unsere Freunde, die Rotröcke!«, schrie der Anführer. »Anlegen und Schuss!«

Krachend peitschten die Kugeln durch die Luft. Sie verfehlten ihr Ziel nur um Haaresbreite. Es folgten weitere, mehr und immer mehr, und sie jagten die beiden Füchse im Zickzack durch den Wald. Sie hetzten durch dichtes Gestrüpp, rissen sich Flanken und Nasen blutig, aber dann schafften sie es doch, die Jäger für einen Moment abzuhängen.

Jetzt war ihre Klugheit gefragt. Denn ihre Kraft war unwiederbringlich am Ende. Es würde nicht lange dauern, bis die Hunde sie wieder aufgespürt hätten. Nur eine List konnte sie noch retten.

Der Fuchsrüde, der den Wald kannte, rannte geradewegs auf einen Graben zu und gab Janker ein Zeichen. Keuchend sprang Janker hinter ihm her. Der Geruch ihrer Pfoten vermischte sich mit dem von Mardern, Wieseln und unzähligen anderen Kleintieren, die die Gräben der Wälder bevölkerten.

Die Hunde stutzten. Sie liefen hin und her, vor und zurück, suchten und schnüffelten, doch so sehr sie sich auch bemühten, sie konnten die Spur der Füchse nicht sichern. Die Meute jagte ins Leere. Sie hatten in ihrer Gier die Fährte der Füchse verloren.

Bebend hielt Janker seine Nase in den Wind. Die Hunde waren fort. Zurück aber blieben seine

Angst, seine Erschöpfung, seine Verzweiflung. Er begriff, dass es hier in der Welt der Menschen für die Füchse jederzeit um Leben und Tod ging, um Alles oder Nichts. Schnaufend legte er seinen Kopf auf die Pfoten. Seine sonst so klaren Gedanken wurden von einem unwirklichen Raunen verdrängt, das die Geschehnisse dieses Tages in seinem Kopf und in seinem Herzen wild durcheinander wirbelte. Er konnte nichts von dem Erlebten zusammenfügen, um Schlüsse daraus zu ziehen. Er lag da und spürte, wie eine tiefe Traurigkeit ihn durchzog. Ein Gefühl, das er bisher nicht gekannt hatte. Ein farbloses, dunkles Gefühl. So farblos und so dunkel, wie der Wald, in dem er sich befand.

IV

Als die Finsternis sich gänzlich über den Wald legte, schien mit der untergehenden Sonne auch das Unheil zu schwinden. Die Jäger waren fort und die Füchse, die die Jagd überlebt hatten, wagten sich allmählich aus ihren Verstecken heraus. Im Schutz der Dunkelheit machten sie sich wieder auf den Weg zurück in ihre Reviere, aus denen sie von den Jägern und ihren Hunden am Tage vertrieben worden waren.

Janker lag verstört unter dem Geäst einer gefällten Fichte. Er kannte diesen Wald nicht, und er hatte weder einen Bau noch ein Ziel, das ihm hätte Zuflucht gewähren können.

Traurig lauschte er dem Ruf einer Schleiereule, die hoch oben in den turmhohen Fichten saß und ihre Klage gespenstisch durch die Dunkelheit hallen ließ.

Janker schloss seine müden Augen, und während eine Träne langsam über sein Gesicht rollte, flüsterte er leise für sich: »Die Mütter der Anhöhen haben Recht, die Menschen sind erbarmungslos und grausam! Ich werde nach Hause gehen, und ich werde allen Tieren meines Waldes erzählen, was ich in der Welt erlebt habe.«

Enttäuscht über sich selbst, weil er an das Gute geglaubt und sich eingebildet hatte, diese gnadenlosen Wesen hätten sich geändert haben können, gab er sich resigniert seiner Müdigkeit hin.

Am frühen Morgen, als Janker sich tief in seine Traumwelt zurückgezogen hatte, und im ganzen Wald noch nächtliche Stille herrschte, machte sich auch der Fuchsrüde, dem Janker sein Leben verdankte, auf den Weg zurück zu seinem Bau. Als er an der gefällten Fichte vorbeikam und Jankers Geruch witterte, kletterte er über das Geäst in die schützende Baumkrone.

»Junger Fuchs!«, rief er ihm leise zu. »Du solltest dich auf den Weg machen, bevor die Sonne aufgeht!«

Janker hob seinen Kopf und sah den Fuchsrüden an. Seine Worte bestätigten einmal mehr die Sorge des Ältesten.

»Draußen in der Welt der Menschen«, so hatte er gesagt, »führen unsere Brüder ein unheilvolles Dasein. Sie wagen dort nur noch, ihren Bau im Schutz der Dunkelheit zu verlassen, und die Angst um ihr Leben ist ihr ständiger Begleiter.«

Janker nickte für sich, und während er unauffällig versuchte, sich die Tränen aus seinem Gesicht zu wischen, fragte ihn der Fuchsrüde lächelnd:

»Wie heißt du eigentlich, und was machst du hier? Bist du auf der Suche nach einem Revier?«

Janker schüttelte den Kopf. »Nein, ich habe ein Revier! Auf der anderen Seite der Fuchsgrenze!«

Obwohl der Fuchsrüde keine Ahnung hatte, wo das sein sollte, nickte er, so als wäre ihm die Gegend durchaus bekannt.

»Und wie ist dein Name?«, fragte er noch einmal, um ihn ein wenig von seiner tiefen Traurigkeit abzulenken.

»Janker, man nennt mich Janker!«, antwortete er höflich.

Der Fuchsrüde nickte. »Mein Name ist Lances! Wenn du willst, kannst du mich aber auch Lanc' nennen!«, sagte er, und Janker nahm das freundschaftliche Angebot gern an.

»Wieso bist du durch unser Revier gekommen? Wohin willst du?«, wollte Lances schließlich wissen.

Janker sah den Fuchsrüden nachdenklich an. Er war sich nicht sicher, ob er ihm vom Grund seiner Reise erzählen sollte. Aber nachdem Lances ihm aufmunternd zugenickt hatte, war er schließlich doch froh, sich ihm anvertrauen zu können.

Er erzählte vom Leben auf den Anhöhen, schilderte ausführlich die Sorgen des Ältesten und berichtete vom Gesetz der Feindschaft und davon, dass die Mütter der Anhöhen es seit vielen Monden an ihre Kinder weitergeben.

»Das Gesetz der Feindschaft«, so erklärte er, »wurde vor Generationen von den ältesten Füchsen meines Landes erlassen. Es besagt, dass die Menschen unsere größten Feinde sind und wir ihnen für immer und ewig misstrauen müssen. Es heißt«, so berichtete Janker weiter, »dass die Menschen vor sehr langer Zeit versucht haben sollen, alle Füchse ihrer Welt zu töten. Aber noch lange bevor es ihnen gelungen war, den letzten von uns zu vernichten, bekam die ›Große Mutter aller Füchse‹ Mitleid mit den irdischen Füchsen. Sie wies ihnen den Weg in ein Land hinter den Fuchsgrenzen, das man die Anhöhen nennt. Dort leben die Füchse seither glücklich und in Frieden miteinander.«

»Aber die Menschen?«, fragte Lances skeptisch. »Sind sie den Füchsen nicht gefolgt?«

Janker schüttelte den Kopf. »Nein, sie sind nicht klug genug, sagt der Älteste, um den Weg in ein Land des Friedens zu finden. Sie haben bis heute nie einen Fuß auf unsere Anhöhen gesetzt.«

Lances sah Janker mit großen Augen an. »Was für eine friedvolle Vorstellung«, sagte er mehr zu sich selbst als zu Janker, »ein Land, in dem es keine Menschen gibt.«

Janker nickte. »Ja, wir alle leben seit vielen Monden in Frieden. Und doch empfinden die Füchse der Anhöhen, auch nach all der Zeit, noch immer tiefe Furcht vor den Menschen«, erklärte er weiter. »Sie kommt aus ihrem tiefsten Inneren, aus dem Urgrund ihres Seins. Und so lehren unsere Mütter ihre Kinder auch heute noch, dass ein Fuchs immer auf der Hut sein muss!«

»Warum hast du die Anhöhen verlassen?«, wollte Lances schließlich wissen. »Warum bist du hierher gekommen, wenn du doch wusstest, wie gefährlich das Leben für uns Füchse hier ist?«

Jankers Blick sank zu Boden. »Zuhause«, antwortete er zögernd, »nennt man mich auch den Philosophen. Vielleicht deshalb, weil ich immer das Gefühl habe, zu wenig zu wissen. Ich denke ständig über alles nach und muss immer alles hinterfragen.«

Lances verstand, was Janker ihm sagen wollte. »Du bist gekommen, weil du nicht an das Gesetz der Feindschaft glauben konntest!«

Janker sah ihn verlegen an und sagte leise: »Ich war ja nie selbst einem Menschen begegnet, und ich dachte, dass sie sich während all der vielen Zeit...«

Lances unterbrach ihn seufzend. »Du dachtest, sie hätten sich geändert! Ach Janker, sie werden sich niemals ändern. Sie sind so selbstsüchtig und so gierig, dass sie sich irgendwann selbst zerstören werden.«

Janker nickte. »Es war ein Fehler herzukommen, nicht wahr, Lanc'?«

Lances schüttelte den Kopf. »Alles im Leben, Janker, hat seinen Grund. Und es wird auch einen Grund dafür geben, dass dich die ›Große Mutter aller Füchse‹ zurück in diese Welt geschickt hat.«

Eine Weile saßen die beiden Füchse schweigend im Geäst der alten Baumkrone. Janker gab sich seiner Traurigkeit hin, und Lances dachte noch einmal darüber nach, was Janker ihm aus den alten Überlieferungen erzählt hatte.

Schließlich fragte er erwartungsvoll: »Und die Anhöhen? Wie sieht es dort aus? Denkst du, du kannst sie mir beschreiben?«

Janker nickte. Und während er sich die Tränen fortwischte, rühmte er schon mit leuchtenden Augen die Schönheit seiner Anhöhen. Er erklärte, dass dort immer die Sonne scheint, und die Seen trotzdem nie austrocknen. Und er schwärmte von den Blumen, die selbst im Winter blühen und von dem Frieden, den der Wind tagein, tagaus über die bunten Wiesen des Fuchshügels trägt.

Aufmerksam lauschte Lances Jankers Erzählungen. Ganz still lag er da, seinen buschigen Schwanz um seine Läufe geschlungen, und folgte Janker in die blühenden Weiten seiner Anhöhen. Zum ersten Mal erlebte er, wie es sich anfühlte, ganz ohne Angst in der Sonne zu liegen, gedankenverloren dem Summen der Insekten zuzuhören, ausgelassen und fröhlich über freie Wiesen zu laufen, um sich schließlich mitten am helllichten Tag irgendwo in einem der vielen bunten Blumenfelder auszuruhen.

Erst als der Morgen graute, und sich das Licht des neuen Tages unaufhaltsam durch die dichten Baumkronen schob, beendete die bittere Realität seinen Traum von einem furchtlosen Leben.

Irgendetwas Beunruhigendes lag in der Luft. Er hob unvermittelt den Kopf und hielt seine Nase angestrengt witternd in den Wind.

»Wir sollten aufbrechen!«, schlug er vor. Aber noch ehe er den Grund seiner plötzlichen Eile hätte erklären können, war er auch schon in einer nahegelegenen, mit fauligem Wasser durchsetzten, Mulde verschwunden.

»Janker, beeil dich, hier runter, schnell!«, rief er hektisch.

Janker schoss aus dem Fichtengeäst und landete mit einem Satz in dem Wassergraben. Bis zum Bauch stand er in einer grünbraunen, sumpfigen Masse. Wieder bebte er am ganzen Körper.

»Sind sie zurück?«, fragte er mit zitternder Stimme, doch Lances wies ihn an, sich still zu verhalten.

In einer für die beiden Füchse einsehbaren Lichtung hatte sich bereits wieder eine beträchtliche Anzahl Männer in grüner Kleidung versammelt. Sie alle hatten ein Gewehr geschultert und einige hielten Käfige oder Netze in den Händen, während an ihren Handgelenken schwere Stöcke hingen. Zu ihren Füßen bellten die Hunde, die am Vortag die Fährte verloren hatten, und ganz offensichtlich erneut vom Jagdfieber erfasst waren.

»Es wird eine weitere Treibjagd geben!«, flüsterte Lances. »Wir müssen versuchen, hier weg zu kommen. Meine Gefährtin ist allein. Wir müssen sie warnen.«

»Lances, warum tun die Menschen das?«, fragte Janker angsterfüllt. »Warum lassen sie uns nicht in Ruhe?«

Lances sah Janker aus traurigen Augen an. »Sie empfinden Freude daran, uns zu Tode zu hetzen. Sie nennen es Sport und Tradition.«

Janker musste an die Worte seines Vaters denken:

»Du glaubst, die Menschen hätten sich geändert, und das Gesetz der Feindschaft gäbe es nicht mehr? Janker, die Menschen haben sich nicht geändert, sie sind immer noch die gleichen gewissenlosen Wesen. Sie jagen und ermorden unseresgleichen aus purer Lust, aus Lust am Töten. Und sie rechtfertigen ihre Taten, indem sie Lügen über uns verbreiten.«

Janker lief ein kalter Schauer über den Rücken. Warum hatte er nur geglaubt, die Menschen hätten sich geändert haben können? Wie konnte er das jemals annehmen?

Von tiefer Furcht erfüllt hockte er neben Lances und witterte angestrengt.

Die Jäger stellten sich bereits am Rande der Lichtung auf. Die Leinen der Hunde hielten sie kurz in ihren Händen. »Also!«, ertönte die Stimme des Jagdleiters. »Mein Revier ist reich an gesunden Füchsen. Und keine Jagd bereitet so viel Waidmannsfreude wie die Fuchsjagd. In diesem Sinne: Waidmannsheil!«

Die beiden Füchse tauschten sorgenvolle Blicke aus. »Sie werden von mehreren Seiten auf uns zukommen«, flüsterte Lances. »Es sieht gar nicht gut aus für uns.«

»Lass uns aus dem Wald fliehen!«, bat Janker von Panik ergriffen. Aber Lances schüttelte den Kopf und erklärte ihm, dass sie sich im offenen Grasland einem dort postierten Jäger geradezu als Zielscheibe anbieten würden.

»Komm mit Janker!«, schlug er stattdessen vor. Lances sah plötzlich ganz klar. »Wir laufen zu unserem Bau! Das ist unsere einzige Chance.«

Lautlos machten die beiden sich auf den Weg. Sie versuchten, möglichst weite Bögen um die Jäger zu schlagen, die sich im ganzen Wald verteilt hatten. Aber das erregte Bellen der Hunde dröhnte von überall her laut in ihren furchtsam gespitzten Ohren. Voller Todesangst steigerten sie ihr Tempo bis zum Äußersten. Sie waren Füchse, und jetzt, da ihr Leben in großer Gefahr war, hielten sie sich mit einer beispielhaften Zähigkeit an ihrem Dasein fest.

Nach einigen Minuten schien das Bellen der Hunde um sie herum zu verstummen. Janker und Lances horchten auf. Doch die Hoffnung, die in ihnen aufkeimte, währte nicht lange. Ein ohrenbetäubender Knall in unmittelbarer Nähe ließ sie zusammenzucken.

»Schnell!« schrie Lances Janker panisch zu. »Unter den Busch dort drüben!«

Von unbeschreiblicher Angst erfüllt, hasteten die beiden in das schützende Dickicht.

Wenige Meter weiter stand einer der Jäger und hielt seinen noch qualmenden Gewehrlauf stolz in die Luft. Zufrieden, und mit einem breiten Grinsen auf dem Gesicht, sah er zu Boden. Dann bückte er sich hinunter, griff den leblosen Körper eines jungen Fuchses an seinen Hinterläufen und ließ ihn stolz in der Luft baumeln.

Janker und Lances hockten starr vor Schreck in ihrem Versteck. Der Fuchs, der nur wenige Meter von ihnen entfernt durch die Schrotladung eines Gewehrlaufes gestorben war, schien nur unwesentlich älter zu sein als Janker. Sein dichtes, rotbraunes Fell glänzte im Licht der aufgehenden Sonne, und seine erstarrten Augen spiegelten noch immer die unsagbare Angst wieder, die er im Moment seines Todes empfunden hatte.

Der Jäger indes schien beim Anblick des toten Fuchses eine Genugtuung, mehr noch, ein Hochgefühl zu empfinden. Er beäugte grinsend den herabbaumelnden Körper des toten Jungfuchses, bis er ihn schließlich verächtlich am Rande eines nahe gelegenen Waldweges auf den Boden warf, und sich mit geschultertem Gewehr wieder auf den Weg machte.

Lances stupste den verstörten Janker vorsichtig an. »Wir müssen weiter, bevor sie uns hier entdecken«, flüsterte er ihm zu. »Wenn der Wind dreht, werden die Hunde uns hier schnell aufspüren.« Janker nickte. Fassungslos starrte er auf den toten Fuchs, der wie weg geworfener Müll am Wegesrand lag.

Die beiden machten sich wieder auf den Weg. Und obgleich ihnen in diesem Moment keine unmittelbare Gefahr mehr drohte, rannten sie so schnell, dass sich ihre Herzen überschlugen. Erst als sie am Bau angekommen und durch die enge Öffnung hineingeschlüpft waren, ließ das Flattern in ihren Herzen allmählich nach, und mit jedem Atemzug schwand die Angst ein wenig mehr.

Toga, Lances Gefährtin, war überglücklich, ihren Partner unversehrt wiederzusehen und zeigte sich vor lauter Glück auch Janker gegenüber sehr fürsorglich. »Unser Bau ist groß genug für uns drei!«, hatte Toga gastfreundlich gesagt, und als Lances hinzufügte, dass sie die Geräumigkeit einem befreundeten Dachs verdanken können, mit dem sie den Bau gemeinsam bewohnt haben, bis er in einer Falle ums Leben gekommen sei, warf sie ihm einen tadelnden Blick zu.

Gemeinsam legten sie sich auf die kühle Erde des großzügigen Wohnkessels und erholten sich von ihrer verzweifelten Flucht. Janker fühlte sich im Dunkel des Fuchsbaues sicher, und obgleich in der Ferne noch immer das Bellen der Hunde zu hören war, vertraute er auf Lances Erfahrung und schlief mit den Gedanken an seine Heimat ein.

In seinen Träumen lauschte er zufrieden dem Gesang der Amsel, deren Arie ihn jeden Tag zur gleichen Dämmerstunde an den Beginn eines neuen fröhlichen Tages erinnerte. Er roch den Löwenzahn und die Gänseblümchen, die sich auf seiner Wiese gegenseitig Konkurrenz machten, und er staunte über die Schönheit der Hyazinthen und Schneeglöckchen, die mit abertausenden Krokussen seinen Anhöhen lila-weiße Farbspiele verliehen.

Janker schlief viele Stunden. Als er erwachte, spürte er, dass Lances und Toga sehr unruhig waren. Sie saßen aufrecht in der großen Kammer und hielten alle Sinne in höchster Alarmbereitschaft.

»Irgendetwas stimmt nicht!«, sagte Lances, und Toga nickte schweigend. Vorsichtig witternd stieg Lances hinauf zum Ausgang und steckte seine Nase hinaus. Im gleichen Augenblick schien ihm das Blut in den Adern zu gefrieren. Er stürzte zurück in den dunklen Bau und konnte vor Angst kaum ein Wort herausbringen. »Sie kommen direkt auf unseren Bau zu!«, stotterte er nervös. »Es sind unzählige. Sie folgen unserer Fährte!«

Wortlos sahen Lances und Toga sich an. In ihren

Blicken lag Todesangst. Sie wussten, dass es zu spät war, um noch fliehen zu können. Die Jäger waren bereits zu nah. Qualvolle Minuten voller Ungewissheit vergingen, bis der erste Jagdhund wütend in die Öffnung des Baues bellte.

»Können wir irgendetwas tun?«, fragte Janker hilflos. »Ich meine, irgendwas, um ihnen zu entkommen?«

Toga spürte die Angst des Jungfuchses. Sie setzte sich nah an seine Seite. »Nein, Janker, wir können nur abwarten, wir sitzen in der Falle.«

Janker sah Lances hilfesuchend an. Aber auch er schüttelte den gebeugten Kopf. Dann sagte er mit Nachdruck: »Janker, du bist in unsere Welt gekommen, um eine Aufgabe zu erfüllen. Dir darf nichts geschehen. Bleib still in der hinteren Kammer sitzen, egal was passiert. Hörst du? Egal, was passiert. Sie werden nicht davon ausgehen, dass sich zwei Rüden in ein- und demselben Bau befinden. Das ist ungewöhnlich und sie sind nicht die intelligentesten Wesen unserer Welt.«

Janker saß ganz still da und versuchte zitternd, seine Gedanken zu ordnen. Von draußen drangen die immer lauter werdenden, ungeduldigen Stimmen der Jäger in den Bau. »Was ist?«, hörte Janker die teuflische Stimme eines besonders üblen Kerls, »wollen wir Terry rein schicken oder gönnen wir diesen räudigen Viechern noch eine kleine Verschnaufpause?« Ein regelrechtes Freudengeheul bejubelte diesen Widerling, aber

der Anführer bestimmte schließlich, den Hund nicht hineinzuschicken, sondern den Bau auszugraben.

Übelkeit überkam Lances und Toga. Sie drückten sich fest aneinander, und lauschten bebend dem kurz darauf einsetzenden Klappern der Spaten.

»Janker!«, wandte sich Lances verzweifelt an den jungen Fuchs, »versprich mir, dass du deine Aufgabe erfüllst! Erzähl den Menschen die Wahrheit, erzähl ihnen, was man uns antut!«

Janker sah Lances mit weit aufgerissenen Augen an, während sich die Spaten der Jäger näher und näher an sie herangruben. »Aber was ist, wenn sie mich auch töten?«, weinte er plötzlich bitterlich.

Toga schüttelte beruhigend den Kopf. Aber noch bevor sie ihm hätte erklären können, dass sie nur den Kessel zerstören, aber die Kammer nicht finden würden, verstummte das Scheppern der Spaten. Der obere Teil des Baues fiel in sich zusammen, und sogleich griff etwas Zangenähnliches nach Lances und zog ihn am Schwanz aus den Resten seines Zuhauses. Von Todesangst erfüllt, baumelte der bebende Fuchs kurze Zeit später am Arm des Jägers. Er versuchte sich zu drehen, um seinem Peiniger ins Handgelenk beißen zu können, aber er hatte keine Chance.

Toga konnte die unsagbare Angst ihres Gefährten riechen. Der Geruch seiner Panik machte sie wahnsinnig. Und obgleich sie wusste, dass sie Lances nicht helfen konnte, stürzte sie verzweifelt aus dem Bau. Einen winzigen Moment lang glaubte sie, er habe eine Chance, wenn sie auf den Kerl, der ihn kopfüber festhielt, losginge. Aber im letzten Augenblick besann Toga sich ihrer Natur. Ein wilder Fuchs griff einen Menschen nicht direkt an. Hätte er sie in die Enge getrieben, wäre sie auf ihn zugeschossen, so aber war ihr Fluchtinstinkt stärker. Sie rannte quer durch den Pulk von Männern und Hunden. Sie rannte vom Irrsinn der Menschen getrieben orientierungslos davon. Die Schrotkugeln der Jäger wirbelten rechts und links den Boden neben ihren Pfoten auf. Aber Toga hielt sich fest an ihrem Leben. Sie wollte dem Tod entkommen. Die Qual, die sie in diesem Moment empfand, war nicht in Worte zu fassen.

Dann aber ertrug sie es plötzlich keine Sekunde länger, Lances in den Händen dieser Bestien zu wissen. Gegen alle Vernunft blieb sie stehen und drehte sich zu ihm um, genau in jenem Augenblick, in dem einer der Männer einen Knüppel hob, ausholte und ihn wieder und wieder auf Lances' Kopf niederschmetterte. Toga schrie auf, sie schrie ihre Verzweiflung und ihren Schmerz aus sich heraus. Die Menschen hatten ihren Gefährten hingerichtet. Sie hatten ihn vor ihren Augen mit einem Holzknüppel erschlagen. Wie gelähmt stand sie da, als ein gezielter Schuss sie aus nächster Nähe traf und ihrem Leben ein sinnloses Ende setzte.

Erst als der frühe Abend hereinbrach, versuchte Janker, sich aus dem zugeschütteten Bau zu befreien. Die Männer hatten einen Ort der Verwüstung zurückgelassen. Der Kessel des Baues war aufgerissen worden, und die Erde lag in alle Richtungen verstreut.

Jankers Trauer wog schwer in seinem Herzen. Lances und Toga waren auf grausame Weise ermordet worden. Ohne jeglichen Sinn, einfach nur zum Spaß, hatten die Menschen ihr Leben ausgelöscht. Und er hatte nichts dagegen tun können.

Verzweifelt gab er sich seinen Gedanken hin. Er hatte Lances ein Versprechen gegeben. Aber wie, um alles in der Welt, sollte er dieses Versprechen halten? Wie sollte er den Menschen davon erzählen, was man Lances und Toga angetan hatte?

Janker legte sich mutlos vor den zerstörten Bau. »Trauer«, so hatte seine Mutter ihm einmal erklärt, »ist eine schwierige Angelegenheit! Wir trauern nicht, weil jemand tot ist, sondern weil er uns verlassen hat, und wir ohne ihn weiterleben müssen!«

Janker nickte für sich. Er musste mit dem Sturm seiner Gefühle fertig werden. Und er musste seine Aufgabe erfüllen. Nur wenn er den Menschen von Lances und Toga erzählte, ihnen die Augen öffnete, über das, was man ihnen und allen Füchsen in ihren Wäldern tagein, tagaus antat, könnte sein Aufbruch in diese Welt einen ganz neuen Sinn bekommen.

In der Ferne ertönte der Schrei eines Waldkauzes. Janker lag im Schutz der Dämmerung und versuchte, sich trotz aller Angst vor diesem barbarischen Ort auf seine philosophischen Fähigkeiten zu besinnen. Er war ein Fuchs der Anhöhen, und seiner Intelligenz waren die Menschen nicht gewachsen. So hatte der Wind ihm die Worte seiner Mutter zugetragen. Er schloss die Augen, und erinnerte sich:

»Janker, du bist ein Fuchs unseres Waldes!«, hatte sie gesagt. »Du bist ihnen weit überlegen. Gib nicht auf! Verlass dich auf deine Intuition und deine Weisheit. Auch wenn sie schneller und ausdauernder sind als wir, sie sind bei weitem nicht so schlau.«

Janker grübelte und kratzte sich sinnend mit seiner kleinen Pfote am Hinterkopf. »Wenn ich nur wüsste, warum niemand etwas gegen diesen erbitterten Kampf tut! Warum hilft den Füchsen niemand?«

»Ich kann es dir sagen«, antwortete plötzlich und völlig unvermittelt eine menschliche, aber zarte Stimme aus der Dämmerung, und Janker sprang wie von einem Blitz getroffen auf seine vier Pfoten.

»Sie verbreiten ein falsches Bild von euch!«

Starr vor Schreck sah Janker sich in alle Richtungen um. Er witterte so konzentriert er nur konnte. Aber es ließ sich kein einziger beängstigender Geruch erkennen.

»Sie behaupten, ihr seid eine Bedrohung für uns. Und sie sagen, dass ihr gefährliche Krankheitsüberträger seid. Das reicht vielen Menschen aus, um damit einverstanden zu sein, dass man euch tötet.«

Kopflos lief Janker hin und her, bis er sich schließlich hinter einem mächtigen Farn versteckte. Woher kamen diese Worte? Von Lances und Toga wusste er, dass die Menschen ihnen die ausgefeiltesten Fallen stellten, um sie aus ihren Verstecken zu locken. Darauf würde er nicht hereinfallen. Ganz still blieb er in seiner Deckung sitzen.

»Ich weiß, dass du Angst hast!«, klangen die Worte der leisen Stimme zu ihm herüber. »Ich habe auch Angst. Und ich habe alles gesehen!«

Janker spürte, wie sich die traurigen Worte mit bitterlichen Tränen mischten. Er war hin und hergerissen. Sollte er aus seinem Versteck hervortreten? Er schob seine Nase hinter dem üppigen Farn hervor und witterte aufmerksam. Und plötzlich entschloss er sich, den Worten, die von irgendwo aus der Dämmerung kamen, sein Vertrauen zu schenken. Er kroch unter dem

Farnwedel hervor und prüfte noch einmal die Gerüche der Umgebung. Aber einen menschlichen Geruch konnte er in unmittelbarer Nähe nicht ausmachen.

»Du kannst mich nicht riechen. Ich habe mich in der Winterfütterung versteckt!«, rief ihm die Stimme liebevoll zu. »Damit überliste ich euch immer, weil sich mein Geruch mit dem des Futters vermischt.«

Janker sah in die Richtung, aus der die leisen Worte kamen. Plötzlich spürte er, wie der weiche Boden unter seinen Pfoten leicht zu vibrieren begann. Mit einem Satz sprang er zurück unter den Farn und duckte sich tief auf den Boden. Eine Weile tat sich nichts. Dann aber lag plötzlich doch der Geruch von Menschen in der Luft. In der Ferne tauchten zwei Männer auf. Sie hielten Lichtkegel in ihren Händen und liefen laut rufend geradewegs in seine Richtung.

»Marie! Marie! Wo steckst du?«, rief einer der beiden fortwährend, und seine Stimme schallte laut und nachhaltig durch den dunklen Wald.

Janker erstarrte. Sein Blick wanderte suchend umher. Bebend lenkte er seine Gedanken auf die für ihn begreiflichen Dinge. Unzählige Gerüche nahm seine Nase auf. Er erkannte den Duft des Grases, den Geruch der Fährten einiger anderer Füchse, und schließlich auch den unverwechselbaren Geruch von Menschen. Regungslos verharrte er in seinem Versteck.

»Hier bin ich!«, rief die zarte Stimme, der Janker auf unerklärliche Weise sein Vertrauen geschenkt hatte. »Hier im Verschlag!«

Abrupt änderten die beiden Männer ihre Richtung, während sie ihre Lichtkegel pausenlos hin und her schwenkten.

Janker schlug das Herz bis zum Hals. Er hielt seine Atmung so flach wie nur möglich, um sich nicht zu verraten.

Schließlich entdeckten die Männer den Bretterverschlag. Sie schoben den Deckel beiseite und hoben ein weinendes Mädchen heraus.

»Mariechen! Was machst du nur für Sachen!«, sagte der ältere der beiden Männer, der einen imposanten weißen Bart trug, und drückte das Kind erleichtert aufatmend an sich.

V

Es war eine sternenklare Nacht. Der Mond, der kalt und abweisend am Himmel stand, verlieh dem Wald eine gespenstische Atmosphäre.

Fledermäuse huschten rastlos durch das bleiche Licht, und hin und wieder durchbrach der nächtliche Ruf einer Schleiereule die unheimliche Stille.

Janker schlich ruhelos durch den Wald. Morsche, knorrige Äste schon lange zuvor gefällter Bäume richteten sich rechts und links seines Weges warnend auf, und er wurde das Gefühl nicht los, dass das tote Holz ihn auf ein weiteres Unheil vorbereiten wollte.

»Wie düster das Leben in der Welt doch ist!«, dachte er für sich, während er versuchte, die Warnungen am Wegesrand nicht weiter zu beachten. Nie zuvor hatte er sich mit soviel Furcht und Traurigkeit auseinandersetzen müssen. Auf den Anhöhen wurde jeder Tag von unbändigem Lebenswillen erfüllt, von Lebendigkeit und Daseinsfreude. Wo war sein Frohsinn geblieben? Wo seine Freude an der Sonne und am Gesang der Vögel? Nichts von all dem war mehr übrig. Hier in der Welt der Menschen schien es für einen Fuchs nur die Angst zu geben. Die Angst vor der ständig lauernden Gefahr eines Gewehrlaufes. Sie tötete jede Unbefangenheit und jedes unbeschwerte Vertrauen in den Tag erbarmungslos ab.

Janker lief seines Weges, ohne ein wirkliches Ziel zu haben. Er sog die kühle Luft tief in seine Lungen ein. Doch die Gerüche, die er aufnahm, waren fremd und nichtssagend. Beiläufig ließ er seinen Blick durch die Dunkelheit wandern, und obgleich in dieser Nacht kein Anlass dafür bestand, machte sich der junge Fuchs in jeder Minute, die verging, auf eine neue Gefahr gefasst.

Als sich der Himmel am Horizont ganz langsam rot färbte, und die Vögel des Waldes ihr sorgloses Konzert anstimmten, glaubte Janker in der Ferne die Silhouette Togas zu erkennen. Er zuckte zusammen und hielt erschrocken inne. Er hatte Togas schrillen Schmerzensschrei gehört, als die Kugel eines Gewehrlaufes sie getroffen hatte und sie daraufhin leblos zusammengebrochen war. Durch Mark und Bein war er ihm gezogen. Und nur weil er ihrem Gefährten das Versprechen gegeben hatte, im Bau zu bleiben, war er nicht hinausgestürzt, um seinen Hass und seine Wut herauszuschreien über die Menschen, die mit ihren Gewehren soviel Trauer und Leid in das Leben der Füchse bringen, und sie dabei auch noch lachend verhöhnen.

Janker schüttelte kräftig seinen Kopf, und als ihm schließlich klar wurde, dass es sich am

Waldesrand um eine andere Füchsin handeln musste, lief er langsam weiter auf sie zu.

Sie saß an einem Bachlauf. Ihre Gesichtszüge sahen traurig aus, und ihr buschiger Schwanz peitschte unruhig auf dem Waldboden hin und her.

»Du kannst ruhig näher kommen!«, sagte sie, da Janker unsicher hinter einem dichten Busch stehen geblieben war.

Aufmerksam hielt er Schwanz und Ohren in den nächtlichen Wind.

»Ich bin auf der Suche nach meinem Gefährten!«, erklärte die Füchsin ungefragt. »Er ist am Morgen nicht zum Bau zurückgekehrt.«

Voller Sorge dachte Janker an die Jagd. »Könnte es sein, dass…, ich meine, ich möchte dir keine Angst machen, aber…«, stotterte er unbeholfen und war froh, als die Füchsin offensichtlich verstand, was er ihr sagen wollte. Sie schüttelte den Kopf und erzählte, dass sie während der Jagd ihren gemeinsamen Bau nicht verlassen hatten. Ihr Gefährte sei erst in der Nacht noch einmal allein in den Wald gegangen.

Janker überlegte. »Hat er dir gesagt, wohin er wollte?«

Die Füchsin sah ihn traurig an und nickte. »Er wollte meine Eltern suchen. Sie sind seit der Jagd verschwunden. Wir waren am späten Abend noch gemeinsam an ihrem Bau. Aber die Jäger hatten ihn zerstört. Ich dachte, sie könnten sich irgendwo versteckt haben, und weil ich so eine Angst um sie hatte, ist Baske, mein

Gefährte, dann später noch einmal losgezogen, um sie zu suchen.«

Janker schluckte. Und nachdem er sich erkundigt hatte, wo sich der Bau ihrer Eltern befand, wurde ihm klar, warum er die junge Füchsin aus der Ferne mit Toga verwechselt hatte. Sie war ihre Tochter, und sie sah ihr wie aus dem Gesicht geschnitten ähnlich. Was sollte er jetzt tun? Was sollte er ihr sagen? Er konnte ihr auf keinen Fall erzählen, auf welche Art und Weise ihre Eltern ermordet worden waren.

»Wie heißt du?«, fragte Janker die junge Füchsin, um Zeit für seine Überlegung zu gewinnen.

»Mein Name ist Thalli!«, antwortete sie. »Und wer bist du?«

»Ich bin Janker!«, erklärte er und richtete seinen Blick sogleich betroffen zu Boden. »Ich glaube, Thalli, ich habe deine Eltern gekannt!«

Die junge Füchsin sah Janker mit weit aufgerissenen Augen an. Unauffällig witternd hob sie ihre Nase. An seinem Geruch konnte sie erkennen, was er ihr sagen wollte. Bittend sah sie ihn an. Sie flehte, dass es nicht wahr sein möge. Aber Janker schüttelte traurig seinen Kopf.

Thallis Blick sank zu Boden. Ihre grauenvolle Befürchtung bewahrheitete sich, und die Hoffnung, ihre Eltern unversehrt wiederzusehen, war mit einem Schlag erloschen.

Janker wagte kaum, zu Thalli hinüberzusehen. Wortlos saß sie da, den Kopf gesenkt, und

tief in ihrem Schmerz gefangen. Schweigend verharrte er an ihrer Seite.

Erst als das Licht des neuen Tages dem Wald seinen nächtlichen Frieden nahm, hob Thalli den Kopf und machte sich auf den Weg bachaufwärts. »Ich muss ihn finden!«, sagte sie, während sie sich noch einmal dankbar zu Janker umsah. »Ich habe nur noch ihn, ich muss ihn finden!«

Janker nickte, und gerade in dem Moment, in dem er ihr seine Hilfe anbieten wollte, trug der Wind einen erschütternden, durchdringenden Schmerzensschrei aus der Ferne heran. Die beiden jungen Füchse erstarrten vor Schreck. Sekundenlang standen sie bewegungslos da, ohne einen klaren Gedanken fassen zu können. Ängstlich drehten sie sich in alle Richtungen um, und dann, als sich ihre Blicke trafen, wussten sie, dass sie beide dieselbe schreckliche Ahnung hatten. Es war der unverwechselbare Schmerzensschrei eines Fuchses, den der Wind ihnen zugetragen hatte. Unvermittelt hetzten sie los. Beide waren nur noch von einem Gedanken erfüllt, bis sich ihre grauenvolle Erwartung bewahrheitete.

Das Bild, das sie vorfanden, war herzzerreißend. Baske, Thallis Gefährte, war auf dem Rückweg in eine Falle geraten. Erbarmungslos hatten sich die Zähne des Fangeisens in seinen Vorderlauf gegraben. Janker sah in das schmerzverzerrte Gesicht des noch recht jungen Fuchses. Neben ihm saß Thalli, hilflos und vollkommen verstört. In ihren Augen standen Trauer und namenlose Angst. Zärtlich leckte sie ihrem Gefährten das Gesicht. »Baske, wir werden eine Lösung finden!«, weinte sie schluchzend, und ihre Tränen mischten sich allmählich mit dem Blut, das aus der klaffenden Wunde ihres Gefährten strömte.

Stunde um Stunde verging. Mit all ihren Möglichkeiten versuchten Janker und Thalli abwechselnd den stählernen Zugriff der Falle zu lockern. Doch ihre Kräfte begannen zu schwinden. Ihre Zähne und Kiefer schmerzten. Und sie mussten sich eingestehen, dass sie in all der Zeit überhaupt nichts erreicht hatten, und Baskes blutende Pfote noch immer von den scharfen Zähnen der Eisenfalle festgehalten wurde.

Ihre Hoffnungen schwanden.

Baske spürte die Erschöpfung seiner Gefährtin. Müde öffnete er seine Augen und sah sie voller Liebe an. »Thalli!«, hauchte er atemlos, »Thalli, mein Liebstes, es ist aussichtslos.«

Thalli starrte ihren Gefährten an und schüttelte schluchzend den Kopf. »Nein!«, schrie sie, »nein, ich muss es schaffen! Baske, ich habe nur noch dich. Sie haben auch meine Eltern getötet. Bitte, bitte halte durch.«

»Thalli, mein Liebstes!«, sagte er noch einmal ganz leise und schloss wieder seine Augen.

»Aber ich muss es schaffen!«, flüsterte sie weinend und legte sich erschöpft neben ihren vor Schmerz fast ohnmächtigen Gefährten.

Janker hatte sich indes ein wenig abseits gesetzt, um die beiden ein paar Minuten für sich allein zu lassen. Er war ratlos und hatte keinen einzigen helfenden Gedanken mehr. Das Leid der beiden ging ihm so nah, dass sein Herz mit ihnen weinte. Betroffen ließ er seinen Kopf hängen und sah zu Boden. Sein Blick verschleierte sich, und für einen Augenblick befand er sich wieder im Frieden seiner Anhöhen. In seiner Erinnerung zogen Bilder seiner Mutter an ihm vorbei. Er entsann sich der ernsten Miene seines Vaters, der ihn am Tag des Abschieds eindringlich vor den Menschen gewarnt hatte. Warum hatte er ihm nicht glauben wollen? Warum musste er unbedingt diesen grauenvollen Ort des Todes aufsuchen? Abscheu machte sich in ihm breit, und während er sah, wie Thalli verzweifelt ihren Kopf an Baskes Seite schmiegte und bitterlich weinte, empfand er tiefen Hass für diese kalten, gefühllosen menschlichen Wesen.

Janker sah wehmütig in den Himmel. Dunkel und trübsinnig sah er aus, so als wollte er seine Trauer und Ohnmacht über diese Welt in seinem trostlosen Grau widerspiegeln.

Janker legte sich unter einen kahlen Laubbusch und starrte mutlos den Blättern nach, die der herbstliche Wind in unregelmäßigen Abständen wild durch die Luft wirbelte. Er beobachtete die Zweige und Äste, die durch plötzlich aufkommende, heftige Böen von den Bäumen gerissen wurden, und er lauschte abwesend dem im ganzen Wald hörbaren Knacken und Knarren, das immer wieder vom Heulen des Sturms unterbrochen wurde.

Plötzlich jedoch, von einer Sekunde auf die andere, herrschte Stille im Wald. Janker spitzte seine Ohren, drehte sich in alle Richtungen aufmerksam um und witterte angestrengt. Der Wind war sehr unruhig, ihm war, als käme er von allen Seiten gleichzeitig. Doch den Geruch, den er mit sich trug, hätte Janker selbst in einem Orkan unter tausend anderen wiedererkannt. Es war der Geruch eines Jägers. Unvermittelt sprang er auf. Noch einmal hielt er seine Nase prüfend in den Wind. Er war sich sicher, es war einer der Jäger, die Lances aus dem Bau gezogen und erschlagen hatten.

»Thalli!«, rief er der Füchsin zu. »Wir müssen uns verstecken!«

Thalli hob ihren Kopf, den sie zärtlich an Baskes Brust gelegt hatte, und sah Janker fragend an.

»Schnell, ins Unterholz, versteck dich!«, rief Janker ihr noch einmal hastig zu und sprang mit einem großen Satz ins nahe Dickicht.

Thalli war hin und hergerissen. Sie wollte ihren Gefährten nicht allein lassen. Aber ihre Angst vor den Menschen war größer. Mit einem Laut der Verzweiflung sprang sie hinter Janker her und kroch zitternd ins dichte Gebüsch.

Baske sah ihr nach. Kaum merklich bäumte sein Körper sich auf, und seine eben noch geschlossenen Augen waren jetzt angstvoll aufgerissen. Sein Atem ging flach und hastig.

Dann näherten sich die schweren Schritte des Jägers. Schaudernd sah Janker Thalli an und schluckte schwer. Und als der Mann näher kam, gab es für ihn keinen Zweifel mehr: Es war einer der Jäger, die Lances auf dem Gewissen hatten.

Vor Schreck erstarrt harrten die beiden Füchse der Dinge, die da kommen würden. Auf das Schlimmste gefasst saßen sie zusammengekauert da, und konnten nichts anderes tun, als abzuwarten.

Als der Jäger den blutenden Baske entdeckte, zog ein breites Grinsen über sein Gesicht. Wenige Schritte vor der Falle blieb er stehen und sah sich seine Beute zufrieden an. Den todtraurigen, angsterfüllten Blick des Fuchses sah der Mann nicht.

Er hob sein Gewehr, langsam und genüsslich. Er lud es und entsicherte es. Und er legte es zufrieden auf den völlig wehrlosen, flehend zu ihm emporblickenden Fuchs an.

Thalli konnte den Anblick nicht ertragen. Ihr Verstand schaltete sich aus. Zu groß war die Liebe zu ihrem Gefährten. Sie konnte sich nicht mehr zurückhalten. Kopflos hetzte sie aus dem Unterholz heraus und rannte laut schreiend direkt auf den Jäger zu. Janker versuchte, sie aufzuhalten. Mit einem großen Satz sprang er ihr nach und stürzte sich auf sie, um sie zurück ins schützende Unterholz zu drängen. Der Jäger fuhr überrascht herum, legte hastig auf Janker und Thalli an und zog umgehend am Abzug. Zwei Schüsse fielen. Aber beide verfehlten ihr Ziel. Zu Tode erschrocken verharrten die beiden Füchse Bruchteile einer Sekunde regungslos im Gras. »Lauf los!«, schrie Thalli Janker aber noch in derselben Sekunde zu, und gemeinsam stürzten sie zurück ins Gehölz. Der Jäger visierte sie ein weiteres Mal durch sein Zielfernrohr an, und Janker blieb fast das Herz stehen, als eine Kugel nur wenige Zentimeter neben Thalli eine Baumrinde zerfetzte. Aber das teuflische Lachen des Jägers trieb ihn erneut an, und er lief so schnell, wie er noch nie zuvor in seinem Leben gelaufen war.

Atemlos kämpften sich die beiden Füchse tief in ihr Versteck. Janker rang nach Luft und Thallis Herz hämmerte. Aber sie hatte keine Zeit zu verlieren. Sie hatte ihrem Gefährten versprochen, in seiner Nähe zu bleiben. Sie musste zu ihm zurück.

Leise, doch mit dröhnenden Herzen, schlichen

sie zurück zu dem Ort, an dem Baske seinem Schicksal ausgeliefert war. Kurz bevor sie den Waldrand wieder erreicht hatten, blieb Janker plötzlich stehen. Wieder lag ein Geruch in der Luft, den er zu kennen glaubte. Aber Thalli ließ ihm keine Sekunde, seine Witterung zu prüfen. Verzweifelt bat sie ihn, sich zu beeilen und keine Zeit zu verlieren. Und dann, als sie gemeinsam die letzten Büsche und Sträucher umrundet und wieder freien Blick auf Baskes verzweifelte Situation hatten, glaubten die beiden Füchse, ihren Augen nicht zu trauen.

Nur wenige Meter vor dem olivgrün gekleideten Fallensteller stand ein alter Mann, der einen auffälligen, weißen Bart trug. In seiner Hand hielt er eine zweiläufige Flinte, die er demonstrativ auf den Jäger gerichtet hatte. »Du hast mehr Mut als Verstand, Maschke!«, rief der Alte ihm aufgebracht entgegen, während er sich ihm langsamen Schrittes weiter näherte. »Dieses Mal werde ich dich zur Verantwortung ziehen. Darauf kannst du dich verlassen!«, knurrte der alte Mann seinem Gegenüber entgegen.

Der Jäger lachte spöttisch. »Hoffentlich bereust du nicht, so vorlaut zu sein, alter Mann! Die Zeiten, in denen du hier was zu sagen hattest, sind vorbei.«

Der alte Mann mit dem weißen Bart sah sein Gegenüber aus schmalen Augen an. Dann legte er seine Flinte zielgerichtet an und feuerte ab. Eine gewaltige Schrotladung ließ den Boden neben den Stiefeln des Fallenstellers aufwirbeln.

Er sprang zur Seite und fauchte den Alten lauthals an. Der aber drohte ihm, beim nächsten Schuss besser zu zielen, wenn er nicht umgehend verschwände.

»Das wirst du bereuen!«, zischte der Jäger, während er fluchend das Weite suchte.

VI

Janker und Thalli lagen noch lange schweigend im Unterholz. Erst als das kalte Licht des Mondes sich wieder leblos über den Wald legte, fasste Janker allen Mut zusammen, hob seinen Kopf und flüsterte leise: »Thalli, wird der alte Mann Baske töten?«

Die junge Füchsin sah Janker an und schüttelte beruhigend den Kopf. »Oh nein, Janker, er wird ihn nicht töten. Er ist ein guter Mensch. Er wird Baske zurückbringen, sobald er wieder laufen kann.«

Janker nickte verwirrt. Er hatte den alten Mann schon einmal gesehen, in der Nähe des zerstörten Baues. Er erinnerte sich genau. Der Alte hatte das Mädchen aus dem Verschlag gehoben. Das Mädchen, dessen Stimme er sein Vertrauen geschenkt hatte. Aber er konnte das alles nicht zusammenbringen. Wenn es hinter den Fuchsgrenzen tatsächlich auch Menschen gab, die die Füchse ihrer Welt mochten, wieso ließen sie dann zu, dass andere einen so kaltblütigen Rachefeldzug gegen sie führten?

Thalli sah Janker an und lächelte. »Worüber grübelst du nach?«, fragte sie ihn.

Janker kratzte sich verlegen am Hinterkopf. »Den alten Mann«, murmelte er nachdenklich, »den habe ich schon einmal gesehen! Er war kürzlich in der Nähe von Lances und To..., ich meine, er war..., ach entschuldige Thalli, es ist dumm von mir, ausgerechnet jetzt deine Eltern zu erwähnen.« Betroffen sah Janker zu Boden. Aber Thalli legte ihre Pfote freundschaftlich an seine Seite und nickte ihm aufmunternd zu. »Ist schon gut, Janker! Er war sicher in der Nähe meines elterlichen Baues, nicht wahr?« Janker nickte, und Thalli lächelte verständnisvoll. »Er ist oft im Wald«, erklärte sie. »Er wohnt dort ganz in der Nähe, in einem Haus direkt am Waldrand!«

Janker scharrte mit seiner Pfote in der feuchten Erde. »Er war nicht allein an dem Abend!«, berichtete er Thalli. »Da war ein Mädchen, ich weiß nicht, sie war höchstens so alt wie ich, und sie...!« Thalli unterbrach Janker lachend. »So alt wie du?«, wiederholte sie schmunzelnd. »Du bist doch höchstens acht oder neun Monate alt. Marie ist acht oder neun Jahre alt!«

Janker sah Thalli erstaunt an. Sie kannte das Mädchen also. Das kleine Mädchen, das den grausamen Mord an Lances und Toga aus ihrem Versteck heraus miterlebt hatte. Janker überlegte, ob er Thalli davon erzählen sollte, aber er entschied sich dagegen, um ihr keine Einzelheiten zum Tod ihrer Eltern berichten zu müssen.

Thalli spürte, dass Janker noch immer sehr mit seinen Überlegungen beschäftigt war.

»Der alte Mann«, erläuterte sie ihm deshalb, »hat eine Enkelin. Er soll sie schon mit in den Wald genommen haben, als sie noch nicht allein laufen konnte. Mittlerweile sehen wir sie oft auch ganz allein im Wald. Sie versteckt sich dann, um uns Füchse heimlich zu beobachten.« Thalli lachte herzlich. »Wie Kinder eben so sind!«

Janker nickte. Aber er war als Philosoph der Anhöhen in die Welt der Menschen gekommen, und es war seine Aufgabe, die Dinge zu verstehen, um schließlich neues Wissen mit nach Hause nehmen zu können. »Thalli!«, sprach er die junge Füchsin darum noch einmal an, und bat sie höflich, ihm eine weitere Frage zu beantworten. »Woher weißt du, dass der Mann mit dem weißen Bart Baske und uns wohlgesonnen ist? Woran erkennt man das?«

Thalli legte den Kopf schief und dachte nach. »Ich weiß nicht, woran man das erkennt!«, sagte sie schließlich. »Aber dem alten Mann vertrauen wir alle. Das haben wir von unseren Eltern gelernt, und die haben es wieder von ihren Eltern gelernt. Früher hatte er hier nämlich das Sagen. Aber dann wurde er zu alt, und sie haben ihm die Herrschaft über den Wald abgenommen.«

Janker grübelte angestrengt. Aber noch bevor er eine weitere Frage hätte stellen können, setzte Thalli sich auf und fragte irritiert: »Warum weißt du das alles nicht? Bist du nicht von hier?«

Janker überlegte. Sollte er ihr seine Geschichte erzählen? Oder sollte er ihr ganz einfach sagen, er sei auf Reviersuche. Es wäre hier in der Welt zu dieser Jahreszeit nicht ungewöhnlich, dass ein junger Fuchsrüde seine Familie verlässt, um sich ein eigenes Revier zu suchen.

Er sah Thalli an, und als ihre traurigen Gesichtszüge ihn an das Versprechen erinnerten, das er nur einen Tag zuvor ihrer Mutter und ihrem Vater gegeben hatte, wusste er, dass er ihr die Wahrheit schuldete. Gemeinsam rollten sie sich im dichten Unterholz zusammen und während Thalli ihre Nase tief in ihren buschigen Schwanz schob, erzählte Janker ihr von sich und seiner Heimat, von seiner Aufgabe und dem Versprechen an ihre Eltern, und schließlich von dem wundervollen Leben hinter den Fuchsgrenzen.

Es vergingen nur einige wenige Augenblicke, bis sie sich beide in Jankers Welt wiederfanden und gemeinsam dem klaren Gesang der Nachtigall lauschten. Jeder einzelnen Strophe ihres Liedes folgten sie sehnsüchtig in die Auen- und Laubwälder der Anhöhen. Überwältigt von ihrer Schönheit und ihrem Frieden zogen sie umher, beobachteten Sperlinge und Rotkehlchen und sahen vergnügt den Turmfalken zu, die ihre rotbraun gefleckten Eier ohne Scheu in flachen Nestern ablegten.

Janker erzählte, und Thalli ließ sich treiben. Auf ihrem Gesicht lag ein zufriedenes Lächeln. »Wie wunderschön es hier ist!«, schwärmte sie und hielt ihre Augen fest geschlossen. »Blumen, überall Blumen, tausendfach neues Leben überall um uns herum. Und das Gras, wie gut es riecht, so würzig und frisch!«

Während Thalli noch lange den wohligen Geruch der Anhöhen tief in ihre Lungen einsog, und ihr ruhiger Atem ihren Brustkorb gleichmäßig hob und senkte, schlug Janker traurig seine Augen auf und wünschte sich nichts sehnlicher, als endlich aus einem der schlimmsten Alpträume seines Lebens aufzuwachen.

VII

Das morsche Gehölz, in das die beiden Füchse am Vorabend gekrochen waren, gab kaum noch einen brauchbaren Wetterschutz ab. Es war kalt geworden, und die spätherbstliche Sonne ließ sich nur noch hinter einem dichten Schleier aus düsterem Grau vermuten. Seit Stunden löste ein Regenschauer den anderen ab, und fahles Dämmerlicht tauchte den ganzen Wald in schwermütige Trostlosigkeit.

Thalli hatte früh am Morgen beschlossen, sich auf den Weg zu Baskes Eltern zu machen, um ihnen zu erzählen, was passiert war. »Möchtest du mich begleiten?«, hatte sie Janker gefragt, und ohne zu ahnen, wie beschwerlich der Weg sein würde, hatte er zugestimmt.

Baskes Eltern wohnten am anderen Ende des Waldes in einer kleinen Siedlungskolonie der Menschen. Der Weg dorthin war weit und führte durch viele fremde Reviere.

Janker und Thalli kämpften sich angestrengt durch die vom Regen aufgeweichten Pfade. Ihr Fell war schon nach kurzer Zeit triefend nass und mit jedem Meter, den sie zurücklegten, schienen ihre Pfoten tiefer im lehmigen Waldboden einzusinken. Thalli hielt hin und wieder inne und schüttelte jeden einzelnen Lauf kräftig ab, um wenigstens die gröbsten Lehmklumpen wieder loszuwerden. Janker hingegen ließ es über sich ergehen. Er hatte sich ein oder zwei Mal die Mühe gemacht, sein Fell kräftig zu schütteln. Aber nur Sekunden später tropfte das Wasser wieder in Rinnsalen von seinem Körper.

Mit gesenktem Kopf lief er zwei Schritt hinter Thalli her. Sein schlaff herabhängender Schwanz bot einen jämmerlichen Anblick. Seine sonst immer spitz aufgestellten Ohren trug er dicht am Kopf angelegt, und seine wachen Augen hatte er zu schmalen Schlitzen zusammengekniffen, um sie vor dem prasselnden Regen zu schützen.

So schnürten sie gemeinsam eine lange Zeit schweigend hintereinander her. Jankers Gedanken bahnten sich ihren Weg zurück in seine Heimat. Er träumte von seinem Wald, in dem es weder Leid noch Ungewissheit gab. Er sah seine Geschwister, wie sie ausgelassen über bunte Blumenwiesen rannten und einfach nur aus Freude am Leben miteinander Fangen spielten. Erfüllt vom Gefühl unbändiger Freiheit stapfte er für ein paar Minuten träumend vor sich hin.

Dann verlangsamte Thalli ganz plötzlich ihren Schritt und wies ihn auf eine hohe Mauer hin. Er verharrte einen Moment lang und versuchte, trotz des auf ihn nieder prasselnden Regens ein paar ihm bekannte Gerüche auszumachen. Aber alles, was seine Nase aufnahm, war ein beißender, ihm unbekannter Gestank.

Thalli gab ihm ein Zeichen, sich still zu verhalten und ihr zu folgen. Sie lief geradewegs auf die Mauer zu, an deren Ende ein hoher Bretterzaun die Begrenzung zum Wald fortsetzte. Geduckt schlüpfte sie durch ein winziges Loch und versteckte sich umgehend hinter einem baufälligen Verschlag. Janker folgte ihr, ohne auch nur im Geringsten zu ahnen, welch erschütternde Realität ihn schon im nächsten Augenblick wieder einholen würde.

»Du hast meinem Vater ein Versprechen gegeben!«, flüsterte Thalli, während sie beide geduckt hinter dem Verschlag hockten. »Du musst dir das ansehen, Janker! Auch davon musst du den Menschen erzählen!«

Thalli dachte einen Moment lang nach. Dann fügte sie betroffen hinzu: »Baskes Vater wurde hier geboren. Aber er konnte entkommen.«

Janker sah Thalli fragend an. Er wusste noch immer nicht, wo er sich befand. »Pass auf, dass dich niemand sieht!«, erklärte sie ihm eindringlich. »Bleib dicht hinter mir, bei dem Wetter sind keine Wärter im Außengelände!« Sie huschte in geduckter Haltung aus ihrem Versteck direkt in ein Gehege, das aus unzähligen Reihen über dem Boden aufgehängter kleiner Drahtkäfige bestand.

Janker stockte der Atem. In jedem einzelnen dieser winzigen Käfige war ein Fuchs gefangen. Es mussten hunderte sein oder noch mehr. Sie alle lagen mit nassem Fell und teils blutenden Pfoten auf dem Boden ihrer Drahtkäfige und waren schutzlos Regen und Sturm ausgeliefert.

Die meisten schliefen oder dösten mit unruhig zuckenden Pfoten oder Schwänzen.

Janker sah an den endlosen Reihen der Käfige entlang, in denen wehrlose, gebrochene Wesen dahinvegetierten, denen nichts von ihrer Schläue und ihrer Scharfsinnigkeit geblieben war. Verloren schien der unbändige Drang zu laufen, zu rennen, zu graben, miteinander zu balgen. Das Dahinsiechen hatte sie dem Wahnsinn nahe gebracht, und einer wie der andere stellte nur noch ein trauriges Häufchen Elend dar.

Janker brach in sich zusammen. Kraftlos hockte er neben Thalli und ließ seinen Tränen freien Lauf. »Gibt es denn nichts, was den Menschen Grenzen setzt?«, fragte er verzweifelt. »Gibt es denn niemanden, der ihnen das verbietet?«

Thalli schüttelte den Kopf und hielt ihre Nase in den noch heftiger gewordenen Sturm. Sie witterte angestrengt, bis sie schließlich trotz des unerträglichen Gestanks menschliche Gerüche wahrnehmen konnte. Kurze Zeit später schoben einige Männer in leuchtend gelben Regenmänteln halbverrostete Schubkarren auf das Gelände. Unruhe kam unter den Füchsen auf. Sie sprangen in ihren engen Käfigen auf, bellten, wüteten, oder drehten sich verzweifelt im Kreis.

Thalli gab Janker ein Zeichen. »Wir müssen hier weg, bevor sie uns entdecken!«, flüsterte sie ihm zu. Und während die beiden sich unauffällig wieder davonschlichen, beobachtete ein junger Fuchs, wie die Wassertropfen langsam an den senkrechten Streben seines Käfigs herunterliefen. Ab und zu schnappte er nach ihnen, um dann wieder teilnahmslos in seinem Käfig zu liegen.

Janker und Thalli schlichen zurück auf ihren Weg, der sie zur Siedlungskolonie führen sollte. Janker sprach kein einziges Wort. Er dachte nichts mehr, und er fühlte nichts mehr. Wie eine leere Hülle stapfte er hinter Thalli her. Zu fest hatten sich die Bilder des unerträglichen Wahnsinns in seine Seele gebrannt.

Erst eine ganze Zeit später, als sie den Waldrand bereits erreicht hatten und eine laute Straße überqueren mussten, riss ihn der Lärm einiger Baumaschinen aus seiner gedanklichen Starre. »Thalli!«, rief er nach einer Weile und versuchte gegen das Donnern der Maschinen anzukommen. »Warum sperren die Menschen uns Füchse in Drahtkäfige? Was bezwecken sie damit?«

Thalli winkte Janker zu sich herüber in einen Straßengraben. »Sie machen sich keine Gedanken über unsere Bedürfnisse«, rief sie ihm, so laut es ihr möglich war, entgegen, während sie fortwährend die lärmende Straße im Auge behielt. »Wenn wir keinen Nutzen für sie bringen, haben wir ihrer Meinung nach auch keinen Wert. Also sperren sie uns ein, bis wir erwachsen sind, töten uns dann, und verkaufen schließlich unsere Felle!«

Janker sah Thalli mit weit geöffneten Augen an. »Unsere Felle?«, wiederholte er fragend und sah verwirrt an sich herunter. »Warum? Was wollen sie damit?«

Thalli schluckte und sah für einen kurzen Moment vor sich auf den Boden. Dann sagte sie angewidert: »Sie hüllen sich selbst darin ein!«

Janker starrte Thalli ungläubig an. Er war ein Philosoph, und das Denken war schon immer seine Aufgabe. Aber das, was er in diesem Moment in seinem Kopf zusammentragen und verstehen musste, war einfach zu viel für ihn. Sie beraubten seinesgleichen ihrer Freiheit und ließen sie in engmaschigen Drahtkäfigen dahinvegetieren, um ihnen schließlich nach einem gewaltsamen Tod ihr Fell abzuziehen, in das sie sich dann selbst einhüllten.

Janker schüttelte sich vor Entsetzen. Das war einfach unfassbar und ekelhaft.

Sprachlos über so viel Würdelosigkeit hockte er neben Thalli, die auf einen geeigneten Augenblick wartete, die mehrspurige Fahrbahn zu überqueren. Außer den Baumaschinen waren bei diesem Wetter nicht viele Autos unterwegs, sodass sie die Straße schon bald hinter sich lassen konnten.

Niedergeschlagen trottete Janker schließlich wieder hinter Thalli her. Das Gesetz der Feindschaft hatte Bestand. Die Menschen hatten sich nicht geändert. Daran gab es für Janker nun endgültig nichts mehr zu deuteln. Und so lange, wie sie ein anderes Leben nicht als Leben achten würden, hatte es auch keinen Sinn, in ihrer Art nach einem guten Kern zu suchen.

Vielleicht war es an der Zeit, nach Hause zu gehen, dachte Janker für sich. Vielleicht würde es ihm gelingen, das alles zu vergessen. Doch was würde dann aus seinem Versprechen? Er hatte Lances und Toga sein Wort gegeben, den Menschen zu erzählen, was man ihnen angetan hatte. Aber welchen Menschen konnte er das eigentlich erzählen? Wer von ihnen würde ihm zuhören? Und vor allem, wer würde ihm glauben? Jankers Gedanken überschlugen sich. Vielleicht sollte er auf die Anhöhen zurückkehren und den Ältesten um Rat fragen. Nein, er konnte ihm keine einzige tröstliche Nachricht mitbringen. Der alte Fuchs würde weiterhin schlaflos und von Sorge erfüllt durch die Nacht ziehen.

Janker war der Verzweiflung nahe. So sehr er sich auch nach Hause sehnte, und so hilflos er sich der Einhaltung seines Versprechens wegen auch sah, er durfte nicht einfach weggehen. Er war es Lances und Toga und auch Thalli und Baske schuldig, dass sie sich auf sein Wort verlassen konnten.

Müde ließ er seinen Kopf hängen und schleppte sich weiter hinter Thalli her. Ihr Weg hatte sie mittlerweile über ein riesiges Fabrikgelände geführt, dann über eine Brücke und mehrere Flachdächer, und schließlich durch zwei schmale Straßen, in denen sich ein Haus an das andere reihte.

Janker wunderte sich über die merkwürdige Gegend. Weit und breit war kein Wald mehr zu sehen, und auch die Wiesen waren eher kurz gemähte, kleine Rasenflächen, die lediglich dazu dienten, Parkplätze oder Autoeinfahrten zu säumen.

»Thalli, bist du sicher, dass Baskes Eltern hier leben?«, rief Janker ihr zweifelnd zu.

Lachend drehte sie sich zu ihm um und steuerte geradewegs auf einen weitflächigen, vom Regen aufgeweichten Sandplatz zu, auf dem große Mengen an Gras- und Baumbeschnitt gelagert waren.

»Da vorn ist Siri!«, freute sie sich, und obwohl Janker niemanden entdecken konnte, erklärte Thalli ihm sogleich, dass sie Baskes Schwester sei, und sie in diesem Jahr noch auf einen Gefährten verzichtete, um bei der Versorgung ihrer jüngeren Geschwister zu helfen.

Als Siri die beiden Besucher gewittert hatte, hüpfte sie ihnen quer über den mit unzähligen Pfützen übersäten Platz entgegen und freute sich ebenfalls sichtlich, sie zu sehen.

»Thalli, was für eine Freude!«, rief sie ihr entgegen. »Wo ist denn Baske, ist er nicht mitgekommen?«, fragte sie und schnupperte in alle Richtungen, während ihre Ohren aufmerksam drehten und zuckten.

»Nein, Siri, er ist nicht hier«, antwortete Thalli ohne Umschweife, »Baske hatte einen Unfall. Ich bin gekommen, um euch davon zu erzählen.«

Siri sah Thalli erschrocken an.

»Du brauchst keine Angst haben!«, beruhigte Thalli sie umgehend. »Baske ist in der Obhut des alten Mannes mit dem weißen Bart. Es wird ihm bald wieder gut gehen.«

Siri atmete erleichtert auf und nickte zufrieden.

Dann, nachdem sie auch Janker freundlich willkommen geheißen hatte, zeigte sie zu einem Hügel aus angeschüttetem Herbstlaub hinüber, hinter dem sich ihre halbjährigen Geschwister aufhielten. Sie spielten und tollten miteinander. Sie pirschten sich an und trollten sich wieder. Nur eines der Kleinen saß still hinter dem gasig riechenden Berg aus Gartenabfällen und beobachtete teilnahmslos die anderen.

»Luka ist sehr traurig!«, erklärte Siri dessen stilles Verhalten. »Beeri ist seit gestern verschwunden. Die beiden waren ein Herz und eine Seele.«

Janker sah hinüber zu Luka. Sein kindlicher Gesichtsausdruck verriet Hilflosigkeit und Angst zugleich. Janker konnte seine Befürchtung, dass Beeri einem Jäger vor die Flinte gelaufen sein könnte, nach all dem, was er in der Welt erlebt hatte, nicht verbergen. Aber Thalli erklärte ihm, dass es hier in der Stadt nur selten eine Jagd gäbe, und es sehr unwahrscheinlich wäre, dass Beeri mitten in einer Wohnsiedlung erschossen worden sei.

Janker fiel ein Stein vom Herzen. Er zeigte sich merklich erleichtert über dieses neue Wissen, und während er weiterhin angestrengt nachdachte, erzählte Siri, dass Luka und Beeri am Tag zuvor allein durch die Gärten der Menschen gestromert seien, und dass Luka dann am Abend ohne Beeri total verstört zurückgekehrt sei.

»Wo sind eure Eltern?«, fragte Thalli von Sorge erfüllt.

»Sie suchen noch immer nach ihr, aber bisher haben sie nirgendwo eine Spur von ihr entdeckt!«, antwortete Siri bedrückt.

»Ich werde deinen Eltern bei der Suche helfen!«, bot Janker an, obwohl seine Beine nach der langen Wanderung sehr müde waren. Und auch Thalli nickte zustimmend. »Wir werden gemeinsam gehen und nach Beeri suchen. Und Siri wird bei den Kleinen bleiben.«

Janker und Thalli machten sich auf den Weg. Unterwegs fragte er sie, wieso sich eine Fuchsfamilie in dieser von Mauern und Zäunen durchzogenen Gegend ansiedelte, in der es zu dem überall und an jeder Ecke nach Menschen rieche. Thalli erklärte ihm, dass die Menschen immer mehr Wälder und Wiesen für sich und ihre Häuser beanspruchten, und keine Rücksicht auf den Lebensraum der Füchse nähmen.

»Irgendwann«, so sagte sie, »haben die Füchse dann beschlossen, zu bleiben! Und so mussten sie sich den neuen Gegebenheiten anpassen.«

»Und die Menschen?«, fragte Janker, während seine Nase ohne Unterlass mit der Suche nach Beeri beschäftigt war. »Sind sie hier genauso gefährlich?«

Thalli blieb einen Moment lang stehen und sah Janker nachdenklich an. »Die Menschen hier in den Siedlungen sind auf eine andere Art gefährlich«, sagte sie schließlich. »Die einen haben Freude daran, uns in ihren Gärten zu sehen, und die anderen wiederum wollen uns loswerden. Sie sind nicht einschätzbar.«

Janker nickte, wollte sich jetzt aber nicht näher damit beschäftigen, um sich ausschließlich auf die Suche nach Beeri konzentrieren zu können.

Gemeinsam schlichen die beiden Füchse durch die schmalen Gärten der Siedlung. Die meisten waren sehr übersichtlich und nach Menschenart aufgeräumt. Die kleinen Rasenflächen waren kurz gemäht, und nur sehr selten boten Hecken und Büsche ausreichend Schutz und Deckung. Hin und wieder standen Gerätehäuser aus Holz am Ende der Gärten, und manche Fuchsfamilie hatte sich darunter einen gut geschützten Bau gegraben.

Janker und Thalli suchten jeden Winkel und jede

Nische nach Beeri ab. Ihre Ohren drehten und zuckten, und ihre Nasen schnupperten im Wind. Aber sie fanden keinen einzigen brauchbaren Hinweis, der sie hätte zu ihr führen können.

Dann endlich, nachdem sie mehr als die Hälfte aller Gärten durchkämmt hatten, entdeckte Thalli hinter einem hohen Flechtzaun am Ende eines dicht bewachsenen Wirtschaftsweges Baskes Eltern. Sie hockten am Ufer eines kleinen Gartenteiches. Vor ihnen lag Beeri. Die Augen der kleinen Füchsin waren geschlossen. Ihre vier zarten tiefschwarzen Pfoten lagen hilflos von ihr gestreckt, und das Weiß ihrer Brust leuchtete unversehrt im trostlosen Grau des Tages. Beeri bewegte sich nicht mehr. Sie war von Menschenhand vergiftet worden.

Die verzweifelten, entsetzten Schreie ihrer Eltern hallten durch die Siedlung. Tränen traten in ihre Augen, und Beeris Mutter legte ihren Kopf schluchzend auf den leblosen Körper ihrer Tochter und begann, bitterlich zu weinen. Ihr Vater flüsterte immer wieder ihren Namen, so als hoffte er, dass das Leben noch einmal in seine Tochter zurückkehren würde.

Der Schmerz und die Verzweiflung, die Beeris Eltern in diesem Moment empfanden, raubten ihnen die Sinne, und eine tiefe Trauer legte sich schwer über ihre Seelen.

Janker und Thalli standen noch immer bewe-

gungsunfähig am anderen Ende des schmalen Weges. Das herzzerreißende Bild, das sich ihnen bot, erschütterte sie zutiefst.

Janker hatte die Trauer, die Leere und die Ohnmacht, die ein Fuchs empfand, wenn er ein Mitglied seiner Familie auf so schreckliche Art und Weise verlor, selbst nie kennen lernen müssen. Aber er ahnte, wie sehr der Schmerz in diesem Moment in den Herzen dieser beiden Füchse brannte. Beeri war ein Teil von ihnen. Und sie würde nie wieder bei ihnen sein.

Stille breitete sich aus. Nur die Menschen der Siedlung hörten sie nicht.

VIII

Es vergingen viele Tage, bis Beeris Eltern auf den Sandplatz zurückkehrten. Niemand wusste, wo sie sich aufhielten, um den Schmerz über den Verlust ihrer Tochter zu überwinden.

Thalli und Janker waren umgehend zurückgelaufen, um Siri zu informieren. Schweigend hatte sie die Nachricht vom Tod ihrer kleinen Schwester aufgenommen und sich dann zurückgezogen. Sie machte sich Vorwürfe und redete sich ein, sie hätte besser auf Beeri aufpassen müssen. Janker erklärte ihr wieder und wieder, dass die Kleinen bereits in einem Alter seien, in dem man sie nicht mehr pausenlos beaufsichtigen könne, und es ganz normal für einen jungen Fuchs sei, sich jeden Tag ein Stückchen weiter vom Bau zu entfernen. »Luka und Beeri«, so versuchte er sie zu trösten, »haben ihre Umgebung erkundet. Es war richtig von dir, sie allein gehen zu lassen. Nur allein kann ein junger Fuchs seine Sinne schärfen und sich auf seine Selbstständigkeit vorbereiten.«

Janker bemühte sich sehr, Siri davon zu überzeugen, dass sie keine Schuld an Beeris Tod traf, aber sie blieb tagelang wie versteinert vor ihrem Bau sitzen und starrte vor sich auf den Boden.

Dann aber, eines Nachmittags, während Thalli sich um die Kleinen kümmerte, beobachtete Janker, wie Siri sich hinter einem der angeschütteten Laubhügel versteckte und heimlich zu weinen anfing.

»Siri!«, sagte er tröstend, nachdem er sich zu ihr gesetzt hatte, »du musst dich deiner Tränen nicht schämen! Für das, was die Menschen uns Füchsen antun, müsste die ganze Welt weinen!« Siri sah Janker verlegen an, und nachdem er ihr liebevoll zugenickt hatte, ließ sie ihren Tränen freien Lauf.

Janker blieb schweigend an ihrer Seite. Erst viel später, als Siri sich ihren Kummer ein wenig von der Seele geweint, und sich die Tränen aus dem Gesicht gewischt hatte, sah sie Janker tief in seine bernsteinfarbenen Augen und sagte leise: »Ich bewundere dich sehr, Janker. Du bist einfühlsam und klug, und deine Augen sprechen von großer Intelligenz.«

Janker spürte, wie ein merkwürdiges, unbekanntes Gefühl in ihm aufkam. Ein Gefühl, das ihn unsicher und nervös machte, und das seine Beine unter ihm schwanken ließ wie Birkenzweige.

Er sah in den Himmel und beobachtete die dahineilenden Wolken, hinter denen sich nach dem endlosen Regen die Sonne wieder ab und zu flüchtig hervorschob. Es hatte den Anschein, als wäre der ganze Himmel in Bewegung. Er warf helle und dunkle Schatten über den Sandplatz und erzeugte mit seinem Licht überraschende Farbspiele.

Janker spürte, wie in seinen Augen diese ungewöhnlichen Farben zu tanzen anfingen, und sie jede einzelne Farbe um ihn herum widerspiegelten.

Sein Blick wanderte langsam zurück zu Siri. Sie war eine bildschöne junge Füchsin mit einem glänzenden Fell. Je nach Lichteinfall wechselte es seine Farbe zwischen rostrot und braun. Janker überlegte sich viele verschiedene Gründe, warum sie für ihn eine ganz besondere Füchsin sei, und nachdem er ihr alle aufgezählt hatte, wies er ihre Behauptung, er sei ein hoffnungsloser Romantiker, verlegen zurück.

Gemeinsam lagen die beiden im Schutz des hoch aufgetürmten Laubhügels auf einem weichen Polster aus Herbstblättern, alberten ein wenig umher, zwickten und berührten sich und entdeckten voller Zuneigung die Eigenschaften des anderen. Siri fand, dass Jankers weiße Schwanzspitze besonders attraktiv sei, und Janker schwärmte von der einmaligen Zeichnung ihrer Ohren. So ging das noch eine ganze Weile, in der sie gegenseitig Dinge entdeckten, über die sich beinahe immer etwas Schmeichelhaftes sagen ließ.

Als die Nacht kam und es dunkel auf dem Sandplatz wurde, legte Siri ihren Kopf zärtlich an Jankers Schulter. So schliefen sie ein, in der Hoffnung, dass ihre Wünsche in Erfüllung gehen mochten.

Janker träumte auch in dieser Nacht von seiner Heimat. Er träumte vom ältesten Fuchs der Anhöhen. Er stand hoch oben auf einer der schönsten Erhebungen des gesamten Fuchshügels. Lachend winkte er ihm zu, und auf seinem Gesicht lag wieder dieser ganz besondere Glanz. »Sie ist wunderschön, mein Junge!«, hallte seine tiefe Stimme durch den Wind, »und ihr Fell leuchtet wie goldgelbes Feuer!« Verschmitzt zwinkerte er Janker mit einem Auge zu. Dann drehte er sich langsam um und verschwand aus Jankers Träumen.

Am frühen Morgen, als Siri noch schlief, winkte Thalli Janker hinter dem Hügel hervor.

»Janker!«, flüsterte sie leise, um zu so früher Stunde niemanden zu wecken. »Siris Eltern sind zurück, und ich werde mich wieder auf den Weg machen! Ich möchte zurück sein, wenn der alte Mann Baske nach Hause bringt.«

Janker nickte. »Thalli, ich glaube…, ich meine…, also ich bin nicht sicher…!«, stotterte er vor sich hin, und Thalli schmunzelte.

»Ich weiß, Janker!«, sagte sie lächelnd und half ihm damit aus seiner Verlegenheit. »Du wirst mich nicht begleiten, stimmt's?«

Janker sah vor sich. »Ach Thalli«, flüsterte er verzagt, »denkst du, dass Siri und ich…, ich meine, dass das mit uns…, nun ja, weil ich doch ein Fuchs der Anhöhen bin?«

Thalli sah Janker eine Weile nachdenklich an. Dann sagte sie: »Ich werdet euren Weg finden, Janker. Ich bin ganz sicher!«

Daraufhin verabschiedete sie sich und verließ den Sandplatz. Janker schaute ihr noch lange hinterher. Sie war so tapfer und selbstbewusst - Lances und Toga wären stolz auf ihre Tochter gewesen, dachte er für sich, und eine Träne lief langsam an seinem Gesicht herab. In seiner Erinnerung sah er die beiden wieder in ihrem Bau dicht beieinander sitzen, und ihm war, als würden sie ihm zuwinken, so als wollten sie ihm etwas mitteilen.

Janker sammelte angestrengt seine geistigen Kräfte, und während sein buschiger Schwanz unruhig über den sandigen Boden peitschte, glaubte er, Lances' Stimme hören zu können: »Janker!«, klangen seine Worte durch den Wind, »dein Weg wird dich nicht über die alten, eingetretenen Fuchspfade führen. Du wirst mitten durchs hohe Gras, mitten durchs Gestrüpp laufen müssen, um auf neuen Pfaden deine Spuren zu hinterlassen!«

Janker sah eine Weile verwirrt in den Himmel. »Lances!«, rief er schließlich in die sanfte Morgendämmerung. »Was willst du mir damit sagen? Ich verstehe das nicht.« Er stellte seine spitzen Ohren aufrecht und drehte sie in alle Richtungen, aber von nirgendwo her kam eine Antwort. Ratlos senkte er den Kopf und ließ seinen Gedanken freien Lauf.

Dann, ganz plötzlich, geradezu wie von fremder Macht getrieben, lief er los. Er lief ohne zu zögern zu dem Zaun, der sich um das gesamte Gelände mit all seinen Türmen und Hügeln aus feuchtem Gras und matschigem Herbstlaub zog. Er schlüpfte durch ein Loch, rutschte unter dem aufgerollten Stacheldraht hindurch und fand sich auf der Straße wieder, die zur Neuen Siedlung hinunter führte. Eine Zeitlang lief er zügig über den Asphalt, so als hätte er ein festes Ziel vor Augen. Erst als ein Auto an ihm vorbeijagte und ihn nur um Haaresbreite verfehlte, sprang er erschrocken in den Straßengraben.

Janker hatte keine Ahnung, wohin er lief. Ein lautes Summen in seinem Kopf stahl ihm jeden klaren Gedanken. Er lief die Böschung hinunter, sprang durch das kalte Wasser eines Flusses und stieg an der gegenüberliegenden Seite wieder hinauf. Er überquerte eine Weide und stapfte dann durch eine sumpfig nasse Wiese. Der einzige Weg, der sich ihm von hier aus anbot, war eine schmale Allee, die von frisch gepflanzten dünnstämmigen Bäumen gesäumt war. An ihrem Ende angekommen, befand er sich mitten in einer Siedlung, in der die meisten Häuser noch nicht bewohnt waren, sondern erst kurz vor ihrer Fertigstellung standen. Überall verteilt sah er Baukräne und Betonmischer, und auf der noch nicht asphaltierten Straße lagen weit verstreut leere Sand- und Zementsäcke herum.

Janker irrte durch die Vorgärten, die alle noch aussahen wie ungepflügtes Ackerland. Erst als er das Ende der Straße erreicht hatte, bemerkte er, dass sie von einer für ihn undurchdringlichen Mauer versperrt war, und er sich in einer Sackgasse befand.

Janker spürte, wie das laute Summen in seinem Kopf nachließ, und er anfing, wieder klar denken zu können. »Was mache ich hier?«, fragte er sich erschrocken und dachte sogleich an Siri, die vermutlich in großer Sorge um ihn war.

Umgehend machte er kehrt, um sich schnellstmöglich wieder auf den Weg zurück zum Sandplatz zu machen. Aber genau in dem Augenblick, als er an einem der wenigen bewohnten Häuser vorbeischleichen wollte, durchbrach ein Motorengeräusch die frühmorgendliche Stille und ein dunkelgrüner Jeep bog in die Einfahrt des Hauses ein. Janker versteckte sich in einem der offenen Kellerschächte und lugte vorsichtig hervor, aber er konnte von dieser Stelle aus nichts erkennen. Er hörte, wie sich die Autotür öffnete und wieder ins Schloss fiel. Umgehend durchströmte der unverkennbare Geruch eines Menschen die Luft. Kurze Zeit später hörte er laute Stimmen. Janker stellte seine Ohren weit auf und hielt seine Nase angestrengt in den Wind. Eine der Stimmen kannte er und auch der Geruch, den der Wind ihm zutrug, war ihm weder fremd noch machte er ihm Angst. Leise und ganz flach auf den Boden gedrückt, schlich er um die Hausecke.

Nur wenige Meter entfernt sah er den alten Mann mit dem weißen Bart. Er stritt lautstark mit einem jüngeren Mann und einer Frau, die beide versteckt hinter der Haustür standen. »Marie bleibt hier!«, schrie der jüngere Mann den Alten an. »Du wirst sie nicht mehr mit in den Wald nehmen, und Schluss!« Janker konnte sehen, wie der alte Mann verständnislos seinen Kopf schüttelte und er hörte, wie er leise sagte: »Sie hatte sich aber doch so auf die Freilassung des jungen Fuchses gefreut. Sie wollte unbedingt dabei sein.« Jetzt fuhr auch die Frau den Alten an. »Vater, der Wald und dein Haus sind tabu! Das ist unser letztes Wort. Sie ist ein Kind und hat mit angesehen, wie diese Kerle einem Fuchs den Schädel eingeschlagen haben.« Der alte Mann nickte wortlos, so als gäbe er ihr durchaus Recht. Er drehte sich um und zog traurig davon. Dann aber, kurz bevor er in seinen Wagen stieg, wandte er sich den beiden noch einmal zu. »Der Wald«, sagte er leise, »ist schon lange kein Ort des Friedens mehr, und wir haben es geschafft, dass die Tiere, die dort leben, uns als ihre größten Feinde ansehen. Aber Marie trägt meine Liebe zu ihnen in ihrem Herzen. Daran werdet ihr nichts ändern. Und wenn ihr sie hundert Jahre in dieser Betonsiedlung einsperrt.«

Janker schlich zurück in den Kellerschacht. Erst als der Jeep am Ende der Straße abgebogen war und sich die Aufregung im Haus wieder gelegt

hatte, fasste er sich ein Herz und verließ sein Versteck. Er schlich leise am Haus entlang, und gerade in dem Moment, als er die Flucht quer über den Acker des Vorgartens ergreifen wollte, hörte er die ihm so vertraute Stimme des Mädchens. Eingehüllt in eine dicke Jacke stand sie auf dem Balkon des Hauses. Sie winkte Janker zu und lächelte. »Hallo, kleiner Fuchs!«, flüsterte sie leise, und der Wind trug ihre zärtlichen Worte sanft zu Janker hinunter. Er sah zu ihr auf, und als sich ihre Blicke für die Dauer eines kurzen Augenblicks trafen, und sie ihm liebevoll zunickte, wusste er, dass sie es sein würde, die den Menschen von Lances und Toga, von Baske und Thalli und von ihm und Siri erzählen würde.

Jetzt konnte er zurückkehren, zurück auf die Anhöhen, zurück nach Hause. Langsam drehte er sich um und sah in die Richtung, aus der er gekommen war. Dann machte er sich auf den Weg, um Siri zu holen.

IX

Es war ein heißer Tag im August. Die glühende Sommersonne lag flirrend über den Gärten der Siedlung. Fliegen und Wespen summten über den trockenen Rasenflächen, und jeder, der nicht unbedingt draußen etwas zu erledigen hatte, blieb in seinem Haus.

Marie hatte sich nach einem langen Arbeitstag ihren Liegestuhl in den Schattenkegel des kleinen Holzhauses gezogen, das am Ende ihres Gartens stand und zur Aufbewahrung einiger Gartengeräte diente. Abgespannt und erschöpft lehnte sie sich zurück und genoss die Ruhe der menschenleeren Gärten.

Wie so oft, ließ sie auch an diesem Tag ihre Gedanken schweifen und gab sich träumend ihren Erinnerungen an alte Zeiten hin. Vielleicht war das der Grund dafür, dass sie die leisen Bewegungen des Rotfuchses nicht wahrgenommen hatte, der nur wenige Meter von ihr entfernt plötzlich neben einem alten Johannisbeerstrauch stand. Er war wie aus dem Nichts aufgetaucht, und beinahe hätte sie sich über sein völlig unerwartetes Erscheinen erschrocken.

Marie betrachtete ihn unauffällig. Er sah anders aus als seine Artgenossen, die sich in den letzten Jahren hier in den Gärten der Neuen Siedlung niedergelassen hatten. Er sah aus wie ein Wanderfuchs, der das Land durchquerte, und der die Welt kannte, und an jedem

Ort dieser Erde zuhause war. Marie freute sich über seine Gegenwart. Solange sie zurückdenken konnte, spielten Füchse immer eine besondere Rolle in ihrem Leben. Ihr Großvater war es, der ihr die Liebe zu diesen wunderschönen Tieren hinterlassen hatte. Versunken im Gedenken an ihn spürte sie, dass der Fuchs, der noch immer ganz ruhig neben dem alten Johannisbeerstrauch stand, sie aufmerksam ansah, geradezu so, als hätte er absichtlich nach ihr gesucht. Sein Blick ließ sie nicht los. Und in seinen bernsteinfarbenen Augen spiegelte sich langsam und unaufhaltsam eine tief vergrabene, an die Zeit verlorene Erinnerung wider.

Marie nickte ihm zu und lächelte. »Hallo, kleiner Fuchs!«, flüsterte sie leise, und der Wind trug ihre zärtlichen Worte sanft zu ihm herüber.

Noch immer sah er sie an, beharrlich und unbeirrt, und dann, als sich ihre Blicke für die Dauer eines kurzen Augenblicks trafen, wusste sie, dass es an der Zeit war, ein Versprechen aus längst vergangenen Zeiten einzulösen.

Gedankenverloren stand sie auf und ging ins Haus. Sie setzte sich an den alten Sekretär, den ihr Großvater ihr hinterlassen hatte, zog einen Schreibblock und einen Stift aus der Schublade und begann, den Anfang einer langen Geschichte aufzuschreiben:

Janker war ein Philosoph. Und obgleich er wusste, dass das nicht unbedingt ein Kompliment für einen Fuchs war, so war er doch stolz darauf, anders zu sein. …

Noch ein Wort zum Schluss:

Nun sind Sie, liebe Leserinnen und Leser, meiner Geschichte bis zum Ende gefolgt. Einer Geschichte, deren Anfang anmutet wie ein Märchen, und in deren Verlauf man sich von Zeile zu Zeile mehr in einem Alptraum wiederzufinden glaubt.

Vielleicht werden Sie jetzt denken, dass das Geschehen nur meiner Fantasie entsprungen und – Gott sei Dank - nichts von all dem Wirklichkeit ist.

Gewiss ein tröstlicher Gedanke! Aber die Geschichte meines kleinen Helden Janker ist nicht nur seine Geschichte oder die von Lances und Toga, Baske und Thalli. Es ist auch die Geschichte abertausender Füchse, die jeden Tag, jede Stunde und jede Minute genau wie Janker und seine Freunde Angst um ihr Leben haben müssen.

Mehr als 600.000 Füchse sterben allein in Deutschland jedes Jahr durch die Jagd. Gezielt schürt die Jägerschaft Antipathie und Angst, um den wahren Beweggrund ihres Tuns, nämlich den Spaß am Jagen, Verfolgen und Töten, zu verschleiern. Ganz bewusst täuschen sie uns, indem sie dem Fuchs den Ruf des Krankheitsüberträgers andichten und ihn als Schädling der Natur darstellen. In Wahrheit aber gibt es keinen einzigen Grund für die gnadenlose Jagd, mit der diese hochintelligenten, empfindungsfähigen Tiere verfolgt und getötet werden.

Liebe Leserinnen und Leser, Sie haben in meiner Geschichte miterlebt, unter welch unsagbarer Angst Janker um sein Leben rennt, während ihm die Jäger dicht auf den Fersen sind. Sie haben den Schmerzensschrei Baskes gehört, als sich die Zähne des Fangeisens in seinen Vorderlauf schlagen. Sie haben Anteil genommen am Schicksal von Lances und Toga, und schließlich haben Sie gemeinsam mit den verzweifelten Eltern Beeris um ihr totes Kind getrauert.

Nichts von all dem ist meiner Fantasie entsprungen. Menschen können grausam sein. Und sie haben sich viele grausame Methoden ausgedacht, um Füchse umzubringen. Abertausende werden bei Treibjagden getötet, abertausende geraten, genau wie Baske, in sogenannte »sofort tötende« Fallen, die noch immer gesetzlich erlaubt sind. Aber wie Baske nehmen viele Füchse in unseren Wäldern den Köder nicht wie vorgesehen mit der Schnauze auf, sondern versuchen, ihn mit der Pfote zu erreichen. Die Qualen, unter denen ein sich in der Falle windendes Tier stirbt, sind für mich unvorstellbar und nicht in Worte zu fassen.

Und dann ist da noch die unüberschaubare Zahl der Füchse, die vergiftet oder durch die sogenannte Baujagd getötet werden, bei der oft kleine, eigens für diesen Zweck ausgebildete, Hunde in den Bau eines Fuchses geschickt werden mit der Aufgabe, im Bau verharrende Jungfüchse zu töten oder erwachsene Tiere direkt vor die Flinten der wartenden Jäger zu hetzen. Nicht selten werden Füchse, die nicht zur Flucht bereit sind, aus dem Bau gegraben, und mit Stöcken oder Spaten erschlagen. So wie Lances, der vor den Augen seiner Gefährtin regelrecht hingerichtet wird.

Liebe Leserinnen und Leser, ich habe Ihnen in diesem Buch die Geschichte von Janker und Siri, Lances und Toga, und von Baske und Thalli erzählt. Eine Geschichte, die Sie vermutlich traurig und nachdenklich zurückgelassen hat. Aber wenn ich erreicht habe, dass Sie, nachdem Sie dieses Buch aus der Hand gelegt haben, noch ein wenig über die Füchse und ihr bedrohtes Leben in unserem Land nachdenken, vielleicht sogar den Mut aufbringen, für sie einzustehen und sie gegen die Mär der Jägerschaft zu verteidigen, dann habe ich viel erreicht.

Denn dann kann Jankers Geschichte auch die Geschichte einer großen Hoffnung für diese wundervollen Tiere sein. Einer Hoffnung auf ein Leben in Frieden und Freiheit.

Weitere Informationen und alles Wissenswerte zum Thema finden Sie unter:

http://www.fuechse.info

oder

http://www.initiative-pro-fuchs.de

Beate Rost wurde 1965 in Paderborn geboren und lebt seit 1992 in Berlin. Schon als junge Frau von nicht einmal 20 Jahren widmete sie ihre Zeit ausschließlich dem Tierschutz. Ein Praktikum in einem kleinen Tierheim in ihrer Heimat Nordrhein-Westfalen stellte die Weichen für ihren weiteren Lebensweg! Als sie einige Jahre später das Angebot bekam, die Tierheimleitung zu übernehmen, stand endgültig fest: Ihre Kraft und ihre Energie gehören dem Tierschutz. Das ist bis heute so geblieben, und täglich wirkt sie an großen wie kleinen Tierschutzprojekten mit, engagiert sich, wo sie kann und wo immer sie gebraucht wird. Neben der aktiven Tierschutzarbeit ist es Beate Rost ein Anliegen, mit ihren Büchern aufmerksam zu machen: Auf Tierschutzthemen, mit deren Problematik sich offensichtlich so mancher gedankenlos arrangiert hat.

Clare McCormack wurde 1978 in Großbritannien geboren und lebt heute wahlweise in ihrer Heimat und in Berlin. Sie arbeitet als Illustratorin und Übersetzerin. Seit mehr als zehn Jahren tritt die engagierte Tierrechtlerin für die Befreiung der Tiere ein. Neben ihrer tierschützerischen und politischen Arbeit, widmet sie ihre Zeit der Kunst. Ihre Mitarbeit an diesem Buch bietet ihr eine Möglichkeit, diese beiden Interessen zu verbinden.

Mit Büchern von Beate Rost dem Tierschutz helfen!

Der Erlös aus dem Verkauf kommt zu 100% ausgewählten Tierschutzprojekten zugute.

In ihrem Buch „**Endstation Hoffnung**" lädt Beate Rost den Leser ein, am Alltag der Tier-

heimleiterin Lea teilzuhaben, die sich für das Leben eines abgeschobenen, dreizehnjährigen Pudels einsetzt, die einen kleinen Mischling aus den Händen zweier Alkoholiker zu befreien versucht, und die einen Schäfer davon abhalten will, einen jungen Hund zu erschießen. Sie erzählt von Hasso, der treu seinem gleichgültigen Herrn dient und von Lenni, der einsam in einem polnischen Tierheim wartet. Sie schildert das tragische Schicksal von Melodie, einer kleinen blinden Kettenhündin, die auf einem abgelegenen Grundstück ihr Dasein fristet. Und sie lässt eine ausgesetzte Hündin, die wochenlang einsam und hilflos durch die Straßen Berlins lief, selbst erzählen von ihren Empfindungen, ihren Ängsten, ihren Erlebnissen.

Lassen Sie sich entführen in die Welt von

Melodie, Hasso, Lenni und all den anderen, lassen Sie sich berühren von ihren Schicksalen, ihrem Leid und ihrer Hilfsbedürftigkeit, genauso wie von ihrer Rettung aus Elend und Not, die eben manchmal - denn auch das heißt Tierschutz in seiner schönsten Form - auch den Beginn eines neuen, unbeschwerten Lebens in Liebe, Sicherheit und Geborgenheit bedeutet.

Paperback, Format 14 x 20, 204 Seiten, 9,50 Euro

In ihrem zweiten Buch „**Morgenwind**" erzählt Beate Rost aus dem Leben der Beaglehündin

Juli, die in einer Versuchstierzucht geboren wurde, deren Bestimmung aber eine ganz andere war, als im Dienste des Menschen zu sterben. In der Geschichte des Jagdhundes Timmy und der seines Retters, des alten Försters Erich von Bergen, klagt die Autorin an, legt den Finger in die Wunde und zeigt, wie wir Menschen nicht nur mit den Tieren, sondern auch miteinander umgehen: Herzlos, gedankenlos, grausam. Und gemeinsam mit Iras, einem alten, weisen Schäferhund, der die Taten der Menschen in das große Buch der Abrechnung einträgt, bittet sie den Leser, sie in eine Welt zu begleiten, über die es nachzudenken gilt.

Folgen Sie Juli, Timmy, Fussel und all den anderen ein Stück ihres Weges. Nehmen Sie Anteil an ihrem Aufbruch in ein neues Leben. Und lassen Sie sich trösten von der Erkenntnis, dass Tierschutz allen Widerständen zum Trotz immer ein Weg der Hoffnung sein wird.

Paperback, Format 14 x 20, 172 Seiten, 10,80 Euro

„Im Auftrag des Himmels – oder: Wie sehen eigentlich Engel aus?“ ist der Titel einer Geschichte, mit der Beate Rost Sie in den tiefen Winter Nordhessens, auf den Rosenhof, einladen möchte. Folgen Sie dort den „Helden“ ihrer Erzählung, dem Landtierarzt Hannes Petersen und seinem Freund Jochen Matthiesen, um gemeinsam mit ihnen eine Geschichte zu erleben, die nicht nur von einem außergewöhnlichen Hund erzählt, sondern auch von einer großen Liebe und von der Notwendigkeit, im entscheidenden Moment sein Herz zu öffnen, um erkennen zu können, dass die Wegweiser des Lebens nicht immer von uns selbst aufgestellt werden.

„Im Auftrag des Himmels“ präsentiert sich in einer gebundenen Hardcover-Ausgabe, die sich genauso gut zum Selbstlesen, wie auch als Geschenk an Freunde eignet.

Hardcover, Format 14 x 18, 96 Seiten, 8,90 €

„**Mitleid ist nicht genug!**“, sagt Beate Rost in ihrem vierten Buch und lockt den Leser anhand

vielschichtiger Gedanken, Informationen und Erzählungen aus seiner sicheren Distanz, holt ihn als Beobachter mitten in die Welt, die es zu verändern gilt. Nehmen Sie die Einladung der Autorin an, mit ihr einen ganzen Tag in einem Tierheim zu verbringen oder einen Vormittag auf dem Berliner Gendarmenmarkt, um sich ein Bild vom armseligen Leben der Stadttauben zu machen. Schauen Sie gemeinsam mit ihr hinter die Kulissen der farbenprächtigen Zirkuswelt. Lernen Sie Aron, Käthe und Jimmy kennen, drei Hunde, die skrupellos in einer Tierarztpraxis entsorgt werden sollten. Und fiebern Sie mit, wenn 32 Welpen aus den Händen eines gewissenlosen Massenzüchters befreit und in Sicherheit gebracht werden müssen. Lassen Sie sich überzeugen, mehr zu tun, als nur Mitleid zu zeigen. Werden Sie Teil einer Gemeinschaft, die sich aktiv für den Schutz und die Rechte unserer Tiere einsetzt.

Paperback, Format 14 x 20, 120 Seiten, 8,90 €

Die Bücher sind zu bestellen bei Beate Rost:

Email: **beate.rost@t-online.de**

Weitere Informationen, sowie Leseproben,
Leserkommentare und Fotos
zu den Geschichten finden Sie
im Internet unter:

http://www.beate-rost.de